로크미디어가
유혹하는
재미있는 세상

ROK
MEDIA
로크미디어

갑질하는 영주님

갑질하는 영주님 33

2021년 7월 9일 초판 1쇄 인쇄
2021년 7월 14일 초판 1쇄 발행

지은이 장대수
발행인 김정수 강준규

기획 이기헌 왕소현 박경무 강민구
책임편집 이정규
마케팅지원 배진경 임혜솔 송지유 이영선

발행처 (주)로크미디어
출판등록 2003년 3월 24일
주소 서울시 마포구 성암로 330 DMC첨단산업센터 318호
Tel (02)3273-5135 **편집** 070-7863-8597 **Fax** (02)3273-5134
홈페이지 rokmedia.com **E-mail** rokmedia@empas.com

ⓒ 장대수, 2018

값 8,000원

ISBN 979-11-354-6543-7 (33권)
ISBN 979-11-294-9115-2 04810 (세트)

33

장대수 퓨전 판타지 장편소설

갑질하는 영주님

ROK
MEDIA

로크미디어

Contents

에렌투

매럿 교주는 알베른에 오래 머물지 않았다. 도착한 지 이 틀 만에 교단으로 돌아가려 했다.

이안은 멀리서 온 그에게 조금 더 머물며 여독을 풀고 떠나라고 권했지만, 매럿은 충분히 쉬었다며 사양했다.

이안도 매럿을 굳이 억지로 붙잡지는 않았다. 헬레인과 라프지아 왕국으로 가서 해야 할 일이 그를 기다리고 있었기 때문이다.

"이안 영주, 어제 만찬은 너무 즐거웠소. 특히 샬렌교 음악을 연주해 주다니, 감명받았소."

선착장으로 가는 마차 안에서 매럿은 어제 만찬장에서 들었던 라인딘 악단의 종교 음악을 거듭 칭찬했다. 굉장히 인상 깊었던 모양이다.

이안은 빙그레 웃으며 답했다.

"마음에 드셨다니 다행이군요. 어제 소개해 드린 악단장 라인딘의 역할이 컸습니다."

놀랍게도 라인딘은 샬렌교의 종교 음악까지 잘 알고 있었다.

나중에 물어보니 떠돌이 악사들이 가지고 있던 악보를 통해 배웠다고 했다.

"교단에서도 듣지 못했던 영혼을 씻어 내는 듯한 훌륭한 연주였소."

여섯 명으로 구성된 라인딘의 악단은 누구 하나 튀지 않는 완벽한 하모니를 이뤄, 매럿을 크게 감동시켰다.

그 여운이 하룻밤이 지난 지금까지도 매럿을 사로잡고 있었다.

"영주 휘하엔 보기 드문 인재들이 많이 모여 있는 것 같소. 나이가 많고 적음을 떠나서 말이오."

"그들에게 늘 고맙게 생각하고 있습니다."

이안이 겸손하게 말을 하자, 매럿의 입가에 미소가 그려졌다.

"30년 전, 내가 교주직에 오를 때 이안 영주를 만났다면 샬렌교의 많은 부분이 바뀌었을 것이오."

"30년 전이라면 제가 태어나지도 않았을 때가 아닙니까?"

"아, 그렇구려, 하하하!"

매럿이 껄껄 웃자 이안도 따라 웃었다.

흔들리는 마차 안에서 창밖을 바라보던 매럿이 담담히 말했다.

"나는 교단으로 돌아가 교리연구회의 늙은이들에게 이안 영주가 교주직을 거절했다고 공식적으로 말할 것이오. 그래도 되겠소?"

매럿은 확인하듯 마지막으로 이안에게 물었다.

이안은 잠시 생각을 하다 답했다.

"그래 주십시오. 저도 그것이 마음 편할 것 같습니다. 샬렌교 입장에서도 좋고요."

"알겠소."

얼마 후 선착장에 마차가 도착했다.

기다리던 재무관이 이안에게 다가왔다.

"영주님, 배를 준비했습니다. 바로 저 배입니다."

마차에서 내린 이안은 재무관이 가리키는 배를 응시했다.

매럿 교주 일행이 타고 갈 마거티 상단 소속의 배 한 척이 떠 있었다.

"수고했어, 재무관."

"아닙니다, 영주님."

공손히 대꾸한 재무관은 매럿이 탄 마차를 따라온 교주 일행에게 그들이 타고 갈 배를 알려 줬다.

스페서는 수행원들에게 짐을 옮기도록 명했고, 그 모습을 바라보던 매럿이 이안에게 말했다.

"선물로 준 해열제와 외상약은 잘 사용하겠소."

"별말씀을요."

이안은 많은 양은 아니지만 새로운 신약인 해열제를 포함해 이미 명성이 높은 외상약을 매럿 교주에게 선물했다.

"영주의 지원 아래 개발된 알베른의 약들이 세상의 많은 목숨들을 구할 것이오. 존경스럽소."

"절 너무 높이 봐 주시는군요. 약 개발은 다 돈 벌자고 한 일입니다."

"재정적으로 힘들었던 영지에 돈이 필요했으니 그것을 누가 탓하겠소? 하지만 영주는 그 약을 적절한 가격에 모든 사람들이 구매할 수 있도록 노력하고 있지 않소? 그 점이 다른 사람들과 다른 것이오."

매럿은 이안을 칭찬하는 데 인색하지 않았다.

이안은 쑥스러운 듯 헛기침을 하고는 말했다.

"감사합니다."

"교주님, 떠날 준비가 됐습니다."

스페서가 다가와 말을 하자 매럿은 고개를 끄덕이며 헬레인을 바라봤다.

"헬레인, 지파는 다르지만 우리가 샬렌님을 섬기는 것은 똑같네. 그 점을 자네 지파 사람들에게 전해 주었으면 좋겠군. 앞으로 왕래를 자주 했으면 하네."

"말씀을 전하겠습니다."

"이안 영주를 잘 모시고 가게."

"도와주셔서 감사합니다."

헬레인은 매럿에게 정중히 고개를 숙였다.

매럿은 이안을 깊은 시선으로 바라봤다.

"이안 영주, 샬렌의 등불을 되살려 달라는 제의를 선뜻 들어줘서 샬렌교의 교주로서, 그리고 샬렌의 신자로서도 진정 감사드리오. 나중에 그 보답은 꼭 하겠소."

"보답을 받고자 한 게 아닙니다. 선의로 돕는 것이지요."

이안은 내심 무슨 보답이냐고 묻고 싶었지만, 여러 사람들이 보는 앞인 데다 속물처럼 보일까 봐 헛기침을 하며 대인배처럼 대답했다.

매럿은 빙그레 웃었다.

"아니오, 영주를 부려 먹고 어찌 그냥 지나칠 수가 있겠소. 성화를 가졌다 해서 그 일을 하는 것이 당연하다 여기면 안 되지. 샬렌의 등불을 되살리고 나중에 날 찾아와 주시오."

"그러실 필요는 없는데…… 뭐 아무튼 시간이 나면 한번 들르도록 하겠습니다."

이안은 못 이기는 척 수락을 했다.

"그럼 또 봅시다, 이안 영주. 알베른에 샬렌님의 가호가 있기를."

허공에 성호를 그리며 알베른을 축복한 매럿은 몸을 돌려 배로 향했다.

"영주님, 가 보겠습니다."

스페서는 성화의 주인인 이안에게 정중히 허리를 숙여 작별 인사를 하고는 교주를 따라 배에 올랐다.

수행원들과 함께 배에 오른 율법사자 라논은 갑판에 서서 이안과 헬레인을 심란한 눈빛으로 내려다봤다.

'이것은 불공평해. 사냥꾼의 아들이 준 돌에서 성화를 얻다니, 이 무슨 어이없는 일인가!'

스페서로부터 이안이 성화를 얻게 된 배경을 전해 들은 라논은 허탈한 심정이었다.

이안은 라논과 시선이 마주치자 손으로 한쪽 눈을 가리는 시늉을 했다. 마치 안대를 쓴 사람처럼 말이다.

그 순간 라논이 입을 딱 벌리고 놀라움을 감추지 못했다.

"그 해적!"

드디어 이안을 어디에서 봤는지 기억이 떠오른 라논은 믿을 수 없다는 듯 선착장에 서 있는 이안을 쳐다봤다.

"아니야, 그럴 리가 없잖아. 어떻게 이안 영주가……."

선착장과 점점 멀어지는 배의 갑판 위에서 이안을 멍하니 바라보던 라논은 자신의 기억을 부정하려 애를 썼다.

'당황했군.'

이안은 혼란에 빠진 표정으로 배 갑판 위에 서 있는 라논을 바라보다가 피식 웃으며 뒤돌아섰다.

헬레인이 가까이 서 있었다.

"자, 그만 성으로 돌아갑시다."

"예, 영주님."

헬레인은 이안을 섬기는 신하처럼 공손히 머리를 숙이며 답했다.

그 모습을 옆에서 지켜보던 재무관은 턱을 매만지며 흐뭇해했다.

'우리 영주님이 성화를 지니셔서 그런가, 아주 예의가 바르군.'

재무관은 헬레인과 함께 마차로 걸어가는 이안을 뒤따라가며 조용히 물었다.

"그런데 영주님, 코페나 항구 개항식이 이달 말에 있는데, 그 전에 돌아오실 수 있으시겠습니까?"

오늘 집무실 회의에서 미처 묻지 못했던 것을 재무관이 물었다.

라프지아 왕국은 왼쪽으로는 이르카와 접해 있었고, 아래로는 시페로스와 국경을 맞대고 있는 상당히 먼 곳이었다.

물론, 재무관은 먼 거리도 빠르게 오갈 수 있는 이안의 공간 이동 능력을 잘 알고 있었지만, 개항식을 준비하는 입장에서는 한 번 더 확인해야만 했다.

"글쎄, 그게 애매하단 말이야. 샬렌의 등불을 내 두 눈으로 직접 보기 전에는 뭐라 단언을 할 수가 없을 것 같아서."

이안도 사실 개항식과 관련해서 많은 고민을 하고 있었다.

라프지아를 오가는 시간을 따져 보면 물리적으로 불가능한 상황은 아니었다.

라프지아보다 먼 페르콘도 며칠이면 갈 수 있었기 때문이다.

문제는 샬렌의 등불이었다.

왠지 녹록지 않을 것 같은 예감이 자꾸만 드는 것이다.

그래서 이안은 개항식 일정을 뒤로 미루는 것도 신중히 고려 중이었다.

이때 이안과 재무관의 대화를 곁에서 듣고 있던 헬레인이 사과를 했다.

"죄송합니다, 영주님. 영지에 큰 행사가 잡혀 있었군요. 그러시면 저는 기다리겠습니다. 샬렌의 등불이 약해졌지만 아직 결계를 지킬 정도의 힘은 남아 있으니까요."

"아니오. 가기로 했으니 예정대로 내일 출발할 것이오. 샬렌의 등불도 중요하지 않소?"

마음을 정한 이안은 마차 앞에서 걸음을 멈추고 재무관을

갑질하는 영주님

바라봤다.

"재무관, 차원의 균열이 열리면 마물들이 튀어나와 세상을 어지럽힐 수도 있다는군. 당장은 우리 일이 아닐 수도 있지만 시간이 흐르면 우리 영지에도 분명 악영향을 끼칠 거야. 개항식보다 그 일을 우선적으로 처리하는 게 내 마음이 편할 것 같다."

"소신의 생각도 영주님과 같습니다. 그럼 개항식을 뒤로 미루도록 하겠습니다. 마음 편히 다녀오십시오."

"미안해, 재무관이 개항식을 기대하고 있었을 텐데 말이야. 두 번이나 일정이 미뤄지다니."

"아닙니다, 영주님. 소신은 아무렇지도 않습니다. 그저 영주님만이 하실 수 있다는 그 일이 잘 처리됐으면 하는 마음뿐입니다."

재무관은 차분한 어조로 진중하게 답했다.

"고마워. 그럼 다른 신하들에게도 재무관이 잘 전해 줘. 나는 내일 아침에 헬레인과 함께 성을 바로 떠날 테니까."

"예, 영주님."

이안의 마차를 타고 성으로 향하던 헬레인은 말없이 앉아 있는 이안에게 조심스럽게 말을 건넸다.

"영지 일정까지 뒤로 미뤄 주시고, 몸 둘 바를 모르겠습니다."

"괜찮소. 당신도 무거운 책무를 어깨에 짊어지고 매럿 교주를 만나러 온 것이 아니오? 그것에 비하면 나의 고민은 작은 것이오."

"아닙니다. 재무관과 말씀을 나누시는 영주님의 눈빛을 보고서 코페나 항구 개항식이 무척 큰 의미가 있다는 것을 깨닫게 되었습니다. 그래서 더 죄송합니다."

이안은 빙그레 미소를 지으며 사탕을 내밀었다.

"드시겠소?"

"감사합니다."

헬레인이 사탕을 받아 입에 넣자 이안은 사탕을 오물거리며 말했다.

"당신 말이 맞소. 코페나 항구는 답답했던 내 마음에 숨통을 틔워 준 소중한 곳이오. 없는 영지 살림에 무리하다시피 해서 항구를 개발했던 것도 뭔가 하나라도 목표를 더 가져야 내가 싸울 힘이 생겼기 때문이오."

"그러셨군요."

"이제 그 목표 중 하나의 마침표를 찍는 자리가 바로 코페나 항구 개항식이었소. 나에게 그리고 영지에도 큰 의미가 있는 행사요."

이안은 말을 멈추고 잠시 마차 밖을 내다봤다. 병사들이 지키는 성문을 마차가 통과하고 있었다.

"그러나 너무 신경 쓸 필요 없소. 결국 개항식은 열릴 테니까."

"알겠습니다, 영주님."

"내일 아침 일찍 출발할 것이니 별관에서 충분히 쉬도록 하시오. 내일 봅시다."

헬레인에게 미소를 지은 이안은 마차가 영주관 앞에 도착하자 마차 문을 열고 분수대로 걸어갔다.

반언이 분수대 앞에 서 있었다.

"날 기다린 거야?"

"예, 영주님."

"무슨 일로?"

이안은 분수대 테두리에 걸터앉으며 물었다. 날이 약간 풀려서 햇빛이 평소보다 따뜻하게 느껴졌다.

"내일 라프지아로 떠나신다고 들었습니다. 소신도 함께 가면 안 되겠습니까?"

"뭐?"

겨울 햇살에 몸을 맡기던 이안이 반언을 쳐다봤다.

"같이 가자고?"

"예, 제가 이르카 출신이지만 옆 나라인 라프지아의 지리도 잘 알고 있습니다. 아주 젊었을 때 현상금이 붙은 놈들을 잡으려고 라프지아 곳곳을 누비고 다녔었습니다."

반언은 젊었을 때 이르카에서 라프지아로 도망친 현상 수배범들을 잡는 일을 잠깐 했었다.

돈이 궁하던 시절이었다.

그렇다고 실력까지 별 볼 일 없던 시절은 아니라 반언에게 걸린 자들은 어김없이 목이 잘려 나갔었다.

그때 얻은 명성을 바탕으로 반언은 이르카 군문에 들어가 장수로서 본격적으로 이름을 날리게 됐다.

잠시 과거 일을 회상하던 반언은 멈췄던 말을 계속 이었다.

"특히 에렌투는 제가 잘 아는 지역입니다. 에렌투산맥 안에는 몬스터들이 득실거리지요. 우리 영지의 욘디아르산맥보다 훨씬 거친 녀석들로 말입니다. 제가 길 안내를 해 드리겠습니다."

"길 안내는 필요 없는데, 헬레인이 그곳 출신이라 오히려 원로보다 더 잘 알걸."

이안이 시큰둥하게 대꾸하자 반언이 당황하며 목소리를 높였다.

"물론 그렇겠지요. 하지만 제가 또 몬스터 전문가 아닙니까? 에렌투에서 분명 제가 필요할 일이 있을 것입니다. 저도 데려가 주십시오."

반언이 필사적으로 말을 하자 이안은 피식 웃으며 분수대에서 내려왔다.

"왜, 또 심심해졌나?"

"흐흐흐, 뭐 그렇지요."

반언은 더는 잡다한 핑계를 대지 않았다.

그는 일상의 무료함을 깨는 활기찬 일들이 자신의 주변에 마구 생겼으면 했다. 그리고 그러한 일들은 대부분 이안 주변에서 벌어진다.

그동안 이안과 함께 욘디아르산맥도 가고 필라슈 영주를 혼내 주는 일에도 참여하며 짭짤한 재미를 느꼈던 반언은 샬렌의 등불을 되살리는 일에도 참여하고 싶었다.

잠시 생각하던 이안은 고개를 끄덕였다.

"알았어, 같이 가자고. 원로가 그렇게 원한다는데 내가 매정하게 뿌리칠 수는 없지."

이안이 허락을 하자 반언이 껄껄 웃으며 기뻐했다.

"감사합니다, 영주님. 역시 영주님밖에 없습니다."

차가운 아침 공기를 밀어 낸 두 자루 검이 허공에서 부딪치며 불꽃을 튀겼다.

채엥!

'막았다.'

수준 높은 밀레아너스의 검을 이번에 온전히 막아 낸 재무관은 그 희열감에 얼굴이 환해졌다.

그 순간, 밀레아너스 발이 재무관의 허벅지를 묵직하게 가격했다. 쇠몽둥이로 맞은 것처럼 재무관의 오른쪽 다리가 안쪽으로 꺾였고, 그 영향으로 몸의 중심을 잃은 재무관이 휘청거렸다.

"싸움이 끝났느냐? 뭘 그리 좋아해!"

밀레아너스는 검 손잡이로 휘청거리던 재무관의 이마를 사정없이 내리찍었다.

"크윽!"

신음 소리를 낸 재무관이 그 자리에서 고꾸라졌다.

"좋아하다 네 명줄이 끊어진다."

"죄송합니다, 원로님."

재무관은 호흡을 가다듬으며 자리에서 서둘러 일어났다.

그의 이마에선 한 줄기 피가 흘러내리고 있었다. 검 손잡이로 맞은 자리가 혹처럼 부어올라 왔지만 재무관은 바보처럼 웃고만 있었다.

"머리를 맞더니 정신이 이상해진 것이냐? 왜 실실 웃는 것이냐?"

밀레아너스는 검을 검집에 넣으며 차분히 물었다.

"원로님의 검이 처음으로 제대로 보였습니다. 푸른 빛 속에서 환하게 빛나는 검이었습니다."

"그것을 보았느냐?"

"예."

밀레아너스는 기특하다는 듯 재무관을 물끄러미 바라보다가 천을 건넸다.

"피를 닦아라."

"감사합니다, 원로님."

재무관은 천으로 피를 닦아 낸 후, 그것을 둘둘 말아 이마에 띠처럼 질끈 묶었다. 그러곤 밀레아너스가 전수해 준 상승 검술을 제자리에서 수련하기 시작했다.

"똑같은 검이란 없다. 같은 검술을 사용해도 각각의 성향이 나타나는 법이지. 내 검술을 수련한다 해서 나와 같아질 필요가 없다는 뜻이다. 자유로워져라. 영주님처럼 말이다."

"영주님처럼 말입니까?"

검을 휘두르던 재무관이 검을 멈추고 밀레아너스를 바라봤다.

밀레아너스는 고개를 끄덕였다.

"영주님이야말로 자유의 끝을 향해 한없이 높은 곳까지 도달하신 분이시다. 검의 형식에 구애받지 않고 그것을 몇 번이나 초월하신 분이지. 검을 자유롭게 휘두를 수 있을 때가 되어서야 비로소 너는 진정한 검사가 될 것이다."

"명심하겠습니다."

"네가 죽기 전까지 초강자가 되지 못한다 해도 결코 낙심하지 말고 부끄러워하지 마라. 진정한 검사가 된다면, 그걸

로 족하지 않느냐?"

"예에? 그것은 좀……."

재무관은 자신의 비석에 '위대한 영주, 이안 알베른을 섬기던 초강자 재무관, 여기에 잠들다.'라는 문구를 꼭 새겨 넣고 싶었다.

그것을 위해서는 죽기 전에 초강자가 되어야 한다.

물론, 그렇다고 조급해하지는 않았다. 조급함이야말로 검을 수련하는 사람이 가장 경계해야 할 적임을 재무관은 깨닫고 있었기 때문이다.

"아무튼 진정한 검사가 되기 위해 노력하겠습니다, 원로님. 그 와중에 초강자가 되면 더욱 좋은 일이겠지요."

"그래, 네 말이 맞다. 둘 다 되면 좋은 것이겠지."

피식 웃은 밀레아너스는 10여 미터 정도 떨어진 탁자로 걸어갔다.

그곳에 검을 풀어 내려놓은 밀레아너스는 차갑게 식은 찻물을 찻잔에 따라 입가로 가져갔다.

재무관이 검을 수련하는 것을 물끄러미 바라보던 밀레아너스는 '쿵!' 하는 소리와 함께 정원에 착지한 반언을 쳐다봤다.

"멀쩡한 대문 놔두고 왜 자꾸 도둑고양이처럼 월담을 하는 것이냐?"

"담 하나만 넘으면 이곳인데, 귀찮게 대문은 왜 통과합니까?"

반언은 등에 메고 있던 짐 가방을 풀어 바닥에 내려놓으며 말했다.

"그 가방은 뭐냐?"

"옷가지도 들어 있고, 요리에 필요한 향신료도 들어 있고, 뭐 그렇습니다."

"어디 여행이라도 떠나느냐?"

"힘, 모르셨습니까? 영주님과 라프지아에 함께 가기로 했습니다. 그래서 저 없는 동안 잘 계시라고 인사차 온 겁니다."

반언은 헛기침을 하며 의자에 앉았다.

뜻밖의 말에 밀레아너스는 어리둥절해졌다.

어제 점심때 그로만의 집에서 반언을 만났을 때만 해도 전혀 그런 얘기를 듣지 못했기 때문이다.

"영주님의 지시냐?"

"아니요, 제가 먼저 가겠다고 청을 드렸습니다. 가는 길에 영주님 잠자리도 봐드리고 요리도 해 드리고 하면 얼마나 좋습니까?"

반언의 넉살에 밀레아너스는 어이가 없어 허허 웃기만 했다.

"영주님이 아무리 능력이 뛰어나셔도 너와 헬레인, 두 사람을 데리고 라프지아까지 공간 이동을 하시면 얼마나 피곤하시겠느냐?"

"쉬엄쉬엄 가면 되지요. 영주님도 괜찮으시니 허락하신 것 아니겠습니까?"

"너도 참 대책이 없구나. 진득하게 한곳에 머무는 것을 그리 싫어하다니 말이다."

반언은 껄껄 웃으며 수련을 하고 있는 재무관을 바라봤다. 재무관은 반언이 온 줄도 모르고 검술 수련에 빠져 있었다.

"어쩌겠습니까? 그게 저인데 말입니다."

밀레아너스는 흰 수염을 훑어 내리며 미소를 지었다.

"잘 다녀와라. 사고 치지 말고."

"참나, 제가 무슨 철부지 앱니까, 사고를 치게. 걱정 마십시오, 영주님 불편하시지 않게 조용히 모실 테니까요."

반언은 오랜만에 들떠 있었다.

이르카를 거쳐 라프지아로 갈 예정이었기 때문이다.

"그럼 형님, 다녀오겠습니다. 영주님이 아침에 떠나신다고 해서요. 그로만 형님께는 큰형님이 대신 얘기 좀 해 주세요."

"그래, 알겠다."

"그나저나 재무관의 검술이 나날이 좋아지는군요."

재무관을 칭찬한 반언은 가방을 등에 메고 훌쩍 담을 넘어 사라졌다.

헬레인은 별관에서 제공된 아침을 먹고 자신의 잠자리를 깨끗이 정리했다.

'좋은 잠자리와 좋은 음식. 그리고 성화를 지니신 관대한 영주님.'

에렌투산맥의 척박한 환경 속에서 지내 온 헬레인에게는 별관에서 보낸 며칠 동안의 생활이 만족스러웠지만 한편으론 낯설었다.

그녀와 같은 지파의 사람들이 모여 사는 산속 마을을 그들은 에렌투 수도원이라고 부른다.

그곳의 사람들은 결혼도 하지 않고 가족을 이루지도 않는다.

땅을 일궈서 농작물을 재배해 자급자족을 하고, 마을을 공격하는 몬스터들을 막아 내며 결계를 지키는 일을 수행한다.

무소유의 성직자로서 평생을 지내다 마지막엔 한 줌의 재가 되어 수도원 주변에 뿌려지는 것이 그들의 생애였고, 헬레인도 기꺼이 그 길을 걷기로 서약을 했다.

헬레인은 벽에 걸린 거울을 들여다봤다.

전쟁의 폐허 속에서 버려져 죽어 가던 어린 그녀를 에렌투 수도원 수도사들이 구해 줬다.

그리고 그녀는 지파의 일원이 되었다.

후에 알게 된 것이지만, 에렌투 수도원의 사람들은 모두 그녀처럼 외부에서 들어온 이들이었다.

"이것이 마지막이겠지?"

헬레인은 그녀가 지내 왔던 별관의 아름다운 방을 찬찬히 둘러본 후, 문을 열고 밖으로 나갔다.

콧노래를 부르며 영주관 1층 홀에서 이안을 기다리던 반언은 헬레인이 다가오자 손을 들어 보였다.

"헬레인, 어서 오시게."

"안녕하세요, 원로님."

헬레인은 반언에게 정중히 인사를 했다.

두 사람은 매럿 교주를 환영하는 만찬장에서 이미 만나 서로에 대해 알고 있었다. 그래서 낯설지는 않았다.

"반언 원로님께서도 이번에 같이 가신다고 들었습니다."

헬레인의 말에 반언은 고개를 끄덕였다.

"그렇게 됐네. 혹, 내가 같이 가서 불편한가?"

"아닙니다. 그렇지 않습니다."

과묵해 보이는 헬레인을 물끄러미 바라보던 반언이 은근한 어조로 물었다.

"밥은 든든히 드셨는가?"

"예, 잘 먹었습니다. 원로님은 식사를 하셨습니까?"

"나도 잘 먹었네. 그런데 말이야, 자네 실수를 한 것 같아."

"네?"

헬레인이 의아한 눈빛으로 쳐다보자 반언이 헛기침을 하며 말했다.

"자네, 우리 영주님이 라프지아로 가실 때 어떤 수단을 이용하실지 알고 있나?"

"네, 영주님께 듣긴 했습니다. 말이나 배를 타지 않고 공간 이동술을 사용하실 거라고요."

"잘 아는군."

반언은 헬레인의 얼굴에 자신의 얼굴을 가까이 붙이며 말을 이었다.

"영주님의 공간 이동술을 처음 겪는 사람들은 그것에 적응하기까지 시간이 필요하네. 속이 메스껍고 두통도 밀려오지. 아침을 든든히 먹었다고 하니 아마 고생 좀 할 거야."

반언은 자신의 경험담을 토대로 장난스럽게 말했다.

"참아 보겠습니다."

헬레인이 표정 변화 없이 대꾸하자, 반언은 머쓱해졌다.

"사람이 영, 재미가 없구먼. 이럴 땐 놀란 척이라도 해 줘야 말하는 내가 무안하지 않지."

"그렇습니까? 죄송합니다."

헬레인이 진지하게 사과를 하자 반언은 난처해하며 손사래를 쳤다.

"내가 미안하네. 그저 웃자고 한 소리였는데, 자네가 너무 심각하게 받아들이는군."

반언은 오랜만에 자신의 농담을 무력화시키는 강적을 만난 기분이 들었다.

'대체 어떤 삶을 살아온 거야? 재미난 구석이 단 하나도 없어 보이는군.'

반언은 헬레인에게 말했다.

"아무튼 가는 동안 잘 지내세."

"예, 잘 부탁드립니다."

두 사람이 대화를 마칠 때쯤, 후드를 걸친 이안이 위층에서 론도와 함께 걸어 내려왔다.

"영주님."

반언과 헬레인이 예를 차리며 인사를 했다.

"다들 왔군."

고개를 끄덕이던 이안의 표정은 다른 날보다 아주 밝아 보였다.

"영주님, 무슨 좋은 일이라도 있으셨습니까? 안색이 좋으십니다."

반언이 묻자 이안은 가볍게 헛기침을 했다.

"좋은 일은, 아무 일도 없었어."

이안은 사실 어젯밤에 린다와 함께 바다를 구경하고 왔다.

그것을 여러 사람이 듣는 앞에서 사실대로 말해 주기엔 어딘지 쑥스러웠다.

'린다가 그렇게 좋아할 줄이야.'

어두운 밤이었지만 파도의 철썩거리는 소리만으로도 두 사람은 해안가를 걷는 낭만에 푹 빠져들 수 있었다.

차가운 바닷바람도 손을 잡고 걷는 두 사람의 따뜻한 마음을 식히지는 못했다.

새벽까지 린다와 바닷가에서 시간을 보낸 이안은 언제고 시간을 내어 린다와 함께 페르콘의 파르망 별장에 꼭 가야겠다고 결심을 했다.

그곳의 아름다운 바다 전경을 린다에게 보여 주고 싶었다.

상념에서 깨어난 이안은 반언과 헬레인에게 말했다.

"두 사람, 인사는 나눴지?"

"예, 영주님."

"좋아, 그럼 바로 출발하자고. 론도, 다녀오겠다."

"예, 영주님. 다녀오십시오."

묵직한 목소리로 대답을 한 론도는 헬레인에게도 인사를 건넸다.

"안녕히 가십시오."

"그동안 고마웠습니다."

헬레인은 론도뿐만 아니라 주변의 호위 병사들에게도 가

볍게 눈인사를 보냈다.

성에 있는 며칠간 모두들 그녀에게 친절히 대해 주었고, 그것은 아마도 그녀의 마음 깊숙이 남아 잊히지 않을 것이다.

매럿 교주와 동행했던 수행원들에게선 느낄 수 없었던 감정들이었다.

이안은 반언과 헬레인의 사이에 서서 그들의 팔을 손으로 붙잡았다. 그러곤 막 워프를 발휘하려다가 무슨 생각이 들었는지 잠시 멈추고 헬레인에게 물었다.

"헬레인, 혹시 아침밥 많이 먹었소?"

"네?"

이안의 질문에 헬레인은 살짝 당황하며 이안의 건너편에 서 있는 반언의 얼굴을 쳐다봤다.

방금 전에 반언이 한 말이 떠오른 것이다.

"예, 든든히 먹었습니다."

"이런, 미리 말을 했어야 했는데. 공간 이동을 처음 하다 보면…….."

"속이 매스껍고 두통이 올 수도 있다는 말씀이시지요?"

헬레인이 이안의 말을 받아 뒷말을 잇자 이안은 신통하다는 듯 그녀를 봤다.

"어떻게 알았소?"

"반언 원로님이 조금 전에 말씀해 주셨습니다."

"그렇구려. 반언 원로가 헬레인을 걱정해 미리 이야기를 해 주었군."

반언은 이안이 쳐다보자 어깨를 으쓱했다.

"힘이 들면 말하시오, 중간중간 쉬어 갈 테니까."

"예, 영주님."

"그럼 가겠소."

이안이 워프를 발휘하자 세 사람의 모습이 영주관에서 눈 깜짝할 사이에 사라졌다.

그들이 다시 나타난 곳은 성벽 위였지만, 그것도 잠시 그들은 어느새 까뮤 북쪽 산봉우리 정상에 서 있었다.

"끝내줍니다, 영주님! 전 공간 이동이 정말로 마음에 듭니다, 하하하!"

반언이 산 정상에서 환호성을 질렀다.

피식 웃은 이안은 옆에 서 있는 헬레인을 바라봤다.

세상이 종이처럼 접히며 눈앞으로 다가오는 광경에 충격을 받았는지 한껏 눈이 커져 있었다.

"괜찮소?"

"네, 괜찮습니다."

"그럼 제대로 가 봅시다."

헬레인의 말이 끝나기 무섭게 이안은 알베른의 산과 들판, 강을 빛살처럼 빠르게 통과하기 시작했다.

"이거 다 해서 모두 얼마입니까?"

데카르트는 마을 잡화점에서 야영에 필요한 도구를 잔뜩 고른 후 가게 주인에게 물었다.

배가 나온 가게 주인은 딱 봐도 세상 물정 몰라 보이는 데카르트에게 헛기침을 하며 말했다.

"어디 보자, 아주 따뜻한 모포 네 장에, 질 좋은 부싯돌에다가 솜씨 좋은 장인이 만든 작은 솥단지와 그릇, 국자, 수통 등, 모두 해서 1금화는 주셔야겠습니다."

"1금화요?"

데카르트가 멀뚱히 쳐다보자 가게 주인은 어색하게 웃으며 말했다.

"손님, 가격이 비싸면 다른 저렴한 물건들을 추천해 드리겠습니다."

"아닙니다, 그냥 주세요."

데카르트는 품 안에서 돈주머니를 꺼냈다. 거인족 섬에서 나올 때 타고 왔던 배의 선원들이 가지고 있던 돈이었다.

'내 얼굴이 그리 만만해 보이나? 왜 자꾸 사람들이 내게만 비싸게 팔려고 하는 걸까?'

데카르트는 그라일라와 함께 글레이너 왕국을 여행하며 새옷과 신발도 구입하고 얼마 전엔 말도 두 필 구입했다.

사람들을 상대하기 귀찮아하는 그라일라를 대신해 그 모든 일은 데카트가 담당했다.

여관에서 잠을 잘 때도 식당을 갈 때도 데카트가 돈을 계산했다.

그러면서 느낀 것이 있었다.

사람들이 자신에게는 정상 가격보다 올려 받고 있다는 것이다.

그러나 데카트는 세상에 나온 것이 기뻐 그런 것을 일일이 따지지는 않았다. 세상에 적응하는 기간 동안, 이왕이면 사람들과의 마찰을 피하고자 하는 마음이 컸기 때문이다.

"손님, 이 많은 물건을 편히 담아 가실 가방도 필요하시지 않습니까?"

가게 주인은 커다란 짐 가방을 꺼내 놨다.

"이건 얼마입니까?"

"그냥 가지고 가십시오. 공짜로 드리겠습니다."

"공짜라고요?"

"그럼요. 물건을 많이 사셨으니 그냥 드리는 겁니다."

가게 주인도 눈치가 빨라서 바가지를 씌운 것을 데카트가 알고 있다는 것을 눈치채고 있었다.

어찌 됐건 처음으로 공짜로 무언가를 받은 데카트는 기분이 좀 나아졌다.

"고맙습니다."

"뭘요."

물건을 모두 담은 가방을 메고 밖으로 나온 데카트는 마을 거리를 오가는 사람들을 멍하니 바라봤다.

대체로 자신보다 키가 다들 작았다. 자신의 키가 이곳에서는 결코 작은 키가 아니었던 것이다. 평균 이상이었다.

'아무도 날 신경 쓰지 않아. 작다고 놀리는 사람도 없고.'

거인족 섬에서 작은 키로 인해 돌연변이 취급을 받으며 자라 온 데카트는 이것 하나만으로도 그라일라를 따라 세상에 나오길 백번 잘했다고 생각했다.

'아버지, 절 원망하지 마세요. 아버지가 틀렸으니까요.'

데카트는 죽었을 것이 틀림없는 아버지를 떠올리며 자신의 말을 향해 걸어갔다.

'서두르자. 어두워지기 전에 그라일라 님이 기다리는 숲으로 돌아가야 해.'

잡화점에서 산 물건들이 잔뜩 든 짐 가방을 말 등에 고정시키고 있는데, 등 뒤에서 누군가 말을 걸어왔다.

"저기, 이보시오."

데카트는 뒤를 돌아 상대를 확인했다. 허리에 검을 찬 덩치 큰 사내가 서 있었다.

"왜 그러십니까?"

"이곳 사람이오?"

사내가 데카트에게 물었다.

"아닙니다. 마을에 잠시 들른 외지인입니다."

"아, 미안하오. 이곳 사람인 줄 알고 뭣 좀 물어보려고 했소. 반갑소, 이것도 인연인데 인사나 나눕시다. 난 테리만이오. 나도 여행 중인데, 당신은 어디서 왔소?"

사내가 친근하게 웃으며 묻자 데카트는 무시하기 뭐해 적당히 둘러댔다.

"좀 멀리서 왔습니다."

"그렇소? 다른 왕국에서 왔나 보구려. 어디 왕국이오?"

사내가 계속 말을 붙이는 것에 부담을 느낀 데카트는 정중히 말했다.

"일행이 기다리고 있어서요. 가 봐야겠습니다."

"아, 그렇소? 이거 내가 바쁜 사람을 괜히 붙잡은 모양이군. 어서 가 보시오."

"즐거운 여행 되십시오."

사내에게 작별 인사를 하고 뒤돌아선 데카트의 표정이 굳어졌다. 짐 가방을 올려 둔 말이 감쪽같이 사라진 것이다.

'어디로 갔지?'

당황한 데카트가 거리를 급히 둘러봤지만 다른 말과 마차들만 보일 뿐, 자신의 말은 보이지 않았다.

테리만이라는 사내와 잠시 대화를 나누는 사이에 벌어진 일이다.

'돈도 가방 안에 넣어 뒀는데.'

한순간에 거지가 된 데카르트는 자신에게 말을 걸었던 사내를 급히 찾아 나섰다.

　저만치 걸어가고 있었다.

　"이봐, 당신!"

　사내를 쫓아 좁은 골목 안으로 뛰어 들어간 데카르트는 그곳에서 자신을 기다리는 사내와 마주쳤다.

　"왜 부르는 것이오?"

　"내 말 돌려줘."

　"무슨 말?"

　사내가 히죽 웃으며 가래침을 땅에 뱉었다.

　"일부러 내 시선을 돌린 후, 당신 패거리가 말을 훔쳐 간 거잖아! 내가 모를 줄 알아!"

　"증거 있어? 증거 있냐고, 이 새끼야!"

　데카르트는 심증은 있었지만 물증이 없었다.

　"별 미친 새끼를 다 보겠네. 따라오지 마라, 뒈지기 싫으면."

　사내가 돌아서자 데카르트가 괴성을 지르며 달려들었다.

　"내 말 내놔, 이 자식아!"

　"이 새끼가 정말."

　사내는 달려드는 데카르트의 멱살을 붙잡아 그대로 땅에 메꽂았다.

　쿠웅!

형편없이 땅바닥에 처박힌 데카트의 옆구리를 사내가 강하게 걷어찼다.

"도둑맞은 네 말을 왜 내게 달라는 거야, 이 개자식아! 세상이 그리 만만하냐! 너 같은 새끼는 세상 험한 맛 좀 봐야 돼!"

사내는 쓰러진 데카트를 사정없이 짓밟았다.

"지, 짐 가방이라도 돌려줘. 그라일라 님이 숲에서 날 기다리고 계셔."

"그라일라가 누군데, 이 새끼야! 네 애인이냐!"

데카트의 얼굴을 매몰차게 걷어찬 사내는 껄껄 웃었다.

"내가 그라일라다."

사내는 등 뒤에서 들리는 차가운 목소리에 흠칫하며 뒤돌아섰다.

시체처럼 얼굴이 창백한, 미모의 여자가 서 있었다.

"네가 그라일라냐? 이런 비리비리한 놈 대신 우리와 같이 다니는 건 어때? 하하하!"

"네가 말하는 자들이 이놈들이냐?"

그라일라가 하늘을 향해 손짓을 하자 공중에 떠 있던 두 개의 수급이 아래로 빠르게 떨어졌다.

쿠웅! 쿵!

땅바닥에 나뒹구는 두 개의 수급은 고통스러운 표정으로 입을 쩍 벌리고 있었다.

"어, 어떻게!"

죽은 동료를 확인한 사내는 다급히 검을 뽑아 들고 그라일라에게 돌진했다.

"죽어라, 이 마녀야!"

"흥! 마녀? 친근한 말이구나."

그라일라는 사내의 검을 가볍게 피한 후, 그의 얼굴을 손바닥으로 감싸 머리를 골목 벽에 처박았다.

쾅!

벽이 흔들리며 사내의 머리가 박살 나 버렸다.

"그, 그라일라 님."

데카트는 비틀거리며 일어섰고, 그라일라는 손에 묻은 피를 땅바닥에 뿌렸다.

"정말 쓸모가 없구나. 이러다 내가 널 섬겨야 할 판이다."

"죄, 죄송합니다."

"이런 녀석들에게조차 당하다니."

못마땅한 시선으로 데카트를 노려보던 그라일라는 골목을 나와 거리로 향했다.

데카트는 골목의 시체와 수급들을 바라보다가 서둘러 그라일라의 뒤를 따라갔다.

소매로 얼굴의 피를 닦아 낸 데카트는 그라일라에게 말했다.

"구해 주셔서 고맙습니다."

"세상에 대한 환상을 버려라. 독사 같은 자들이 우글거리는 곳이 이 세상이다. 강하지 않으면 무시당하고 죽임을 당하는 것은 거인족 섬과 다르지 않다."

"명심하겠습니다."

"뭘 어떻게 명심하겠다는 것이냐? 제 몸 하나 지킬 줄 모르는 놈이."

그라일라의 독설에 데카트는 얼굴이 붉어졌다.

사실 그는 다른 거인족들과 비교할 수 없는 작은 체구를 가졌을 뿐만 아니라 싸움 능력도 뒤처져 있었다.

포스를 다룰 줄도 몰랐고.

"밤잠을 줄이며 수련을 하겠습니다."

"그래서 어느 세월에 강해지겠느냐?"

그라일라의 손이 길을 걷는 데카트의 몸을 스치듯 지나갔다. 그 순간 데카트는 뜨거운 기운이 머리부터 발끝까지 훑고 지나가는 느낌을 받았다.

그 느낌이 사라진 후, 데카트는 전신에 힘이 넘치고 몸이 말할 수 없이 가벼워졌다. 평소 느낄 수 없었던 활력이었다.

몸의 갑작스러운 변화에 놀란 데카트가 옆에서 걷는 그라일라를 쳐다봤다. 그녀가 자신에게 힘을 불어 넣어 준 것 같았다.

"그라일라 님."

"저 돌을 집어 손아귀에 힘을 줘 봐라."

몸의 변화에 놀라던 데카트는 흙더미를 싣고 가던 마차에서 막 굴러떨어진 주먹만 한 돌을 집어 들었다.

그라일라가 시키는 대로 손아귀에 힘을 주자 단단한 돌이 퍽 소리를 내며 산산조각 났다.

제대로 힘을 주지도 않았는데도 돌이 쉽게 부서진 것이다.

'대단해. 철문도 그냥 찢어 버릴 수 있을 것 같아.'

흥분한 데카트는 발을 들어 땅을 강하게 내리찍었다.

쿵!

마치 지진이라도 난 것처럼 땅이 흔들렸고, 거리를 걷던 사람들은 영문도 모른 채 여기저기서 깜짝 놀라고 있었다.

"웬만한 자들은 이제 그 힘으로 상대할 수 있을 것이다."

"가, 감사합니다, 그라일라 님."

"감격할 것 없다. 네놈 하는 꼴이 답답하고 짜증 나서 약간의 힘을 불어 넣어 준 것뿐이니까."

자신에게 생긴 강한 힘에 놀라 얼떨떨해하던 데카트는 그라일라의 말에 머쓱해졌다.

"다시는 오늘 같은 일이 없도록 하겠습니다, 그라일라 님!"

"닥치고, 말이나 끌고 와."

멈추지 않고 거리를 걷던 그라일라가 길 한쪽에 주인 없는 말처럼 서 있는 검은 말을 가리켰다.

그 말은 도둑들이 훔쳐 갔던 데카트의 말이었다.

"네!"

데카트는 자신의 말이 있는 곳으로 뛰어가다 사람들이 몰려 있는 곳을 힐끔 쳐다봤다. 목 없는 시체 두 구가 땅바닥에 널브러져 있었다.

'어서 마을을 벗어나자. 그라일라 님이 저들을 죽인 것을 본 목격자들이 있을 수도 있어.'

데카트는 서둘러 말을 타고 그라일라에게 향했다.

그라일라의 성격상 남의 시선 따위는 의식하지 않고 바로 도둑들을 죽였을 것이다.

데카트가 말을 타고 다가오자 그라일라도 자신의 말에 올라탔다.

두 사람은 각자의 말을 타고 빠르게 마을을 벗어나 호숫가 옆길을 따라 말을 몰아갔다.

해가 많이 기울어 있었다.

"그라일라 님, 숲 앞에서 절 기다리신다고 하셨는데, 왜 저를 따라오신 겁니까!"

말을 몰던 데카트가 소리쳐 물었다.

호수 너머 멀리 숲을 응시하던 그라일라가 담담히 대꾸했다.

"그걸 몰라서 묻느냐? 네가 미덥지 못해서지."

"앞으로 더 잘하겠습니다!"

"말이나 몰거라."

"예!"

데카르트는 입을 다물었고, 얼마 후 그들은 울창한 숲에 도착했다.

한동안 말을 타고 숲 안으로 들어가던 그들은 길이 험해지자 말에서 내려 말을 끌고 걸어 들어갔다.

숲 안에 흐르는 작은 강을 지나치자, 그라일라는 따라오라며 앞장섰다.

'그라일라 님은 언제 이곳에 와 본 것일까?'

데카르트는 앞에서 말을 끌고 들어가는 그라일라의 뒷모습을 바라보며 생각에 잠겼다.

이 숲에서 며칠간 머물 거라고 말을 한 것을 보면, 그라일라가 글레이너에 온 목적은 바로 이 숲인 것 같았다.

'이 숲이 특별한 곳인가?'

"그곳에서 뭐 하느냐!"

앞서가던 그라일라가 목소리를 높이자 데카르트는 퍼뜩 정신을 차리며 그녀가 서 있는 작은 공터로 서둘러 걸어갔다.

"죄송합니다."

"여기서 야영을 하겠다. 준비를 하거라."

"알겠습니다, 그라일라 님."

글레이너 남부에 위치한 어슨 숲 위로 어둠이 내려앉고 있었다.

"성문을 지켜라!"

요새를 지키는 자들과 빼앗으려는 자들 간의 치열한 공방전은 밤이 되도록 이어지고 있었다.

양측 간에 오가는 불화살로 요새 인근의 밤하늘이 환했다.

콰앙!

큰 소리와 함께 요새 성문이 박살 나자 대기 중이던 기병들이 함성을 지르며 쏜살처럼 밀고 들어갔다.

곳이어 비명 소리와 병장기 부딪치는 소리가 멀리까지 퍼져 나갔다.

그 모습을 요새와 제법 거리가 있는 언덕 위에서 이안과 반언, 헬레인이 지켜보고 있었다.

"영주님, 크로티도 왕좌 때문에 난리가 난 것 같습니다."

"그러게. 벨로린은 적어도 겨울 동안은 전쟁이 멈췄는데, 이곳은 그런 것도 없군."

이안은 깊은 눈빛으로 요새의 싸움을 바라보며 말했다.

마을 여관에서 저녁을 먹고 하룻밤 묵고 가려 했는데, 이 근처는 다들 저렇게 싸움질을 하고 있었다.

마음 편히 마을에서 지낼 분위기가 아니었다. 마을마다 병사들이 진을 치고 외부에서 온 사람들을 일일이 검문하고 있었다.

"영주님, 그냥 노숙을 하시죠. 그래도 추위가 아주 심하지는 않으니까요."

반언의 말에 이안은 고개를 끄덕였다.

"그러는 게 좋겠군."

언덕 위에서 요새 전투를 바라보던 이안은 노숙할 곳을 찾아 다시 움직였다.

워프를 통해 이동하던 이안은 조용한 숲에 도착했다.

"여기가 적당할 것 같군. 여기서 저녁 먹고 쉬자고."

"예, 영주님."

이안은 숲 공터를 둘러봤다.

싸움이 벌어지는 요새와도 멀리 떨어져 있어서 쉬는 동안 저들을 신경 쓸 필요가 없을 것 같았다.

"영주님, 잠시만 기다려 주십시오. 소신이 모닥불을 피우고 얼른 저녁을 준비하겠습니다."

반언은 등에 메고 있던 가방을 바닥에 내려놓으며 활기차게 말했다. 오랜만에 멀리까지 여행을 가는 반언은 흥이 나 있었다.

"그렇게 해. 나는 잠자리를 준비할 테니까."

"무슨 말씀이십니까, 영주님? 잠자리도 소신이 준비하겠습니다. 저희들을 데리고 공간 이동을 하시느라 얼마나 피곤하시겠습니까? 손가락 하나 움직이시지 말고 그대로 가만히 계십시오. 제가 다 준비하겠습니다."

"고맙긴 한데, 내가 가지고 온 게 있어서 그래."

이안은 마법 주머니 안에서 나무로 만들어진 접이식 간이 침대 세 개를 꺼내서 평평한 공터 바닥에 펼쳤다.

거구의 반언도 몸을 심하게 뒤척이지만 않으면 충분히 잘 만한 크기였다.

"침대를 가지고 오신 겁니까?"

반언과 헬레인은 생각지도 못한 침대의 등장에 눈이 커졌다. 이안은 침대 위에 모포를 직접 깔며 말했다.

"내가 말이야, 이런저런 일로 여행을 꽤 다니며 노숙도 자주 해 봤는데, 그때마다 침대를 가지고 다니면 편하겠다 싶더라고. 사람이 잠자리가 편안해야 하거든. 자, 다들 누워봐. 모닥불은 잠시 후에 피우고."

이안이 먼저 침대에 누워 밤하늘을 올려다봤다. 멀리 요새에선 죽이고 죽는 싸움이 치열하게 벌어지고 있었지만 숲에서 바라보는 밤하늘은 그것과 무관하게 변함없이 달과 별이 조화를 이루며 아름답게 빛나고 있었다.

"어서."

이안이 재촉을 하자 반언과 헬레인은 차례로 이안이 준비해 준 나무 침대에 몸을 눕혔다.

"어때, 불편하지 않아?"

이안이 묻자 반언과 헬레인은 침대에 여러 겹 깔린 모포의 푹신함에 만족하며 답했다.

"흐흐, 아주 좋습니다, 영주님. 노숙을 하면서 이런 호사를 누릴 줄은 꿈에도 몰랐습니다."

"저도 좋습니다, 영주님."

두 사람이 다 좋다고 하자 이안은 옅은 미소를 지으며 두 눈을 감았다. 이대로 눈을 감고 잠을 자도 푹 잘 수 있을 것 같았다.

한동안 세 사람은 진짜 잠을 자는 것처럼 아무 말도 하지 않고 누워 있기만 했다.

그러다 반언이 벌떡 일어났다.

"영주님, 배고픕니다. 저녁은 먹고 자야 하지 않겠습니까?"

"맞는 말이야. 밥은 먹고 자야지."

이안이 두 눈을 떴다.

"제가 모닥불에 쓸 나무를 구해 올게요."

헬레인이 침대에서 내려와 땔감을 구하러 숲으로 들어갔다. 누가 시키지 않았지만 헬레인은 알아서 자신이 할 일을 찾았다.

숲에 쓰러져 있던 커다란 나무를 끌고 온 헬레인은 검을 꺼내 빠른 속도로 나무를 조각조각 잘라서 모닥불용 장작들을 만들어 냈다.

하루 종일 태울 만큼 많은 양의 땔감을 순식간에 만든 헬레인은 바닥을 약간 판 후 그곳에 장작들을 엇갈리게 세웠다.

'일어나라, 불길이여.'

헬레인이 의지를 담아 장작에 손을 가져다 대자 불길이 확 솟구쳤다.

"나보다 모닥불을 잘 피우는군. 수고했네, 헬레인."

저녁거리를 준비하고 기다리던 반언이 껄껄 웃으며 헬레인을 칭찬했다.

"별말씀을요. 제가 또 도와드릴 일이 있을까요?"

"아니, 이제 그냥 쉬고 있게. 저녁은 내게 맡기라고."

반언은 모닥불 위에 양고기도 굽고, 수프도 끓였다. 공터엔 구수한 음식 냄새가 진동을 했다.

"영주님, 다 됐습니다."

짧은 시간 동안 뚝딱 저녁을 만든 반언은 그릇에 고기와 수프를 담아 이안에게 건넸다.

허기가 졌던 이안은 수프와 양고기 구이를 맛본 후 고개를 끄덕였다.

"맛있군. 간도 맞고. 고기도 질기지 않고 부드럽게 잘 구웠어."

"감사합니다, 영주님. 제가 그로만 형님 집에서 요리를 자주 하며 실력이 좀 늘었습니다."

반언의 말에 이안이 소리 내어 웃었다.

"자, 두 사람도 어서들 들지. 시장할 텐데."

이안은 반언과 헬레인에게 음식을 권했다.

"예, 영주님."

모닥불에 둘러앉은 세 사람은 음식을 다 함께 먹기 시작했다. 다들 배고팠는지 수프도, 양고기도 빠르게 줄어 갔다.

"이런 자리에 술이 빠질 수 없지."

배가 어느 정도 찬 이안이 마법 주머니에서 술과 술잔을 꺼내 들자 반언이 반색했다. 그렇지 않아도 술을 마시고 싶었던 참이었다.

"옳으신 말씀입니다. 노숙할 때 술을 안 마시면 얼마나 섭섭하겠습니까? 그거야말로 인생을 낭비하는 것입니다."

"원로가 뭘 좀 아는군."

조용히 식사를 하던 헬레인은 이안과 반언의 대화를 옆에서 들으며 저도 모르게 입가에 미소를 지었다.

'유쾌하신 분들이야.'

헬레인은 반언에게 술을 따라 주는 이안의 옆모습을 지그시 바라봤다. 성화를 지닌 특별한 분이었지만 다른 사람을 깔보거나 무시하지 않았다. 아니, 영주라는 신분만으로도 충분히 그럴 수 있는 지위였는데도 불구하고 그러지 않았다.

반언 원로 또한 명성 높은 초강자임에도 불구하고 사람들을 대할 때 웃음이 많고 스스럼이 없었다.

힘과 권력이 있는 자들이 스스로를 높이지 않고 겸손하기란 참으로 어려운 법인데, 이안 영주도, 반언 원로도 모두 그

갑질하는 영주님

런 사람들이었다.

'배울 점이 많아.'

"무슨 생각 하는 것이오?"

"네? 아, 죄송합니다."

상념에서 깨어난 헬레인은 이안이 건네준 술잔을 두 손으로 받아 들었다.

이안은 헬레인에게 술을 따라 주며 물었다.

"오늘 힘들지 않았소? 공간 이동을 잘 견디는 것 같아, 하루 만에 크로티 왕국까지 넘어왔는데 말이오."

아침을 든든히 먹은 헬레인은 이안의 걱정과 달리 중간에 먹은 것을 토하지도 않았고, 두통에 시달리지도 않았다.

그래서 이안은 더 멀리까지 오게 된 것이다.

"참을 만했습니다."

"힘들면 내색을 하시오. 바보처럼 견디지 말고."

이안의 말에 헬레인은 고개를 숙이며 답했다.

"알겠습니다, 영주님."

"이제 지난 일이니 말해 보시오. 아까 힘들었소?"

이안이 넌지시 물었고, 반언도 헬레인의 대답을 기다리며 빤히 쳐다봤다.

헬레인은 잠시 생각하다가 쑥스러운 표정으로 답했다.

"솔직히 말씀드리면 조금 힘들었습니다. 중간에 잠시 쉴 때 영주님이 안 보시는 곳에서 토를 했습니다."

그녀가 인정을 하자 반언이 껄껄 웃으며 박수를 쳤다.

"거 보십시오, 영주님. 제가 분명 토했을 거라고 말하지 않았습니까? 내기에서 제가 이긴 것입니다. 하하하!"

"끄응, 알았어, 내가 진 거로 하지."

이안은 입맛을 다시며 헬레인을 바라봤다.

"내일은 조금 천천히 갑시다."

"괜찮습니다, 영주님. 오늘 하루 공간 이동을 많이 경험해서 내일은 훨씬 나아질 것입니다."

"아니오, 무리할 필요 없소. 술 드시오."

술잔을 들고만 있던 헬레인은 이안이 술을 권하자 술잔을 반쯤 비운 후 말했다.

"영주님, 부탁드릴 게 있습니다."

"말씀해 보시오."

"이제 제게 말을 편하게 해 주시면 고맙겠습니다. 반언 원로님에게 하시듯 말입니다."

헬레인은 모닥불 너머로 보이는 반언을 바라보며 말했다.

"어찌 그럴 수가 있겠소? 날 찾아온 손님인데?"

"저는 그것이 더 편합니다. 외람되지만 제게 거리를 두려하시는 게 아니라면 말을 편하게 하시며 대해 주십시오."

헬레인이 자리에서 일어나 정중히 부탁을 했다.

이안은 모닥불 불빛에 얼굴이 발갛게 보이는 헬레인을 물끄러미 바라보다가 피식 웃었다.

"알았어, 그럼. 지금부터 편하게 말을 놓지."

"감사합니다, 영주님."

헬레인은 기쁜 얼굴로 말했다. 성화의 주인과 한층 가까워진 기분이었다.

밤은 깊어 갔고 세 사람은 모닥불 주위에 둘러앉아 화기애애한 분위기 속에서 대화를 나누며 술잔을 교환했다.

저녁 식사는 이미 끝난 지 오래였다.

"그래서, 에렌투 수도원에서 살게 된 것이군."

"그렇습니다, 영주님."

제법 술을 많이 마신 헬레인은 평소라면 하지 않았을 자신의 어두운 개인사를 이안에게 말해 주었다.

이안과 반언은 다소 무거운 얼굴로 술잔을 기울였다.

전쟁 중에 가족을 잃고 굶주린 채 떠돌던 헬레인에게 구원의 손길을 뻗친 건 다름 아닌 에렌투 수도원의 수도사들이었다.

"복수를 위해 수도원을 떠나고 싶지는 않았나? 가족들을 죽인 자들이 누군지 알고 있다면서?"

이안이 묻자 헬레인은 고개를 가로저었다.

"그럴 수 없었습니다. 서약한 순간, 저는 과거의 인연과 단절해야 했기 때문입니다."

"그렇군."

이안은 에렌투 수도원이 얼마나 엄격한 곳인지 새삼 느낄 수 있었다.

'팍팍한 곳이군. 로신 교주가 만든 결계를 지키기 위해서라지만 말이야.'

이안은 술병이 비자 반언에게 말했다.

"자, 그만 자리를 정리하고 잠을 잘까? 밤이 깊었는데 말이야."

"영주님, 딱 한 병만 더 드시지요?"

반언이 아쉬운 듯 말했다.

"아까도 그 말 했잖아."

"이번엔 정말입니다."

모닥불 주변엔 술병이 10여 개나 굴러 다녔다. 이안이 마법 주머니에 넉넉히 술을 준비해 오지 않았다면 벌써 바닥이 났을 상황이었다.

"헬레인, 술 더 마시겠나?"

이안이 묻자 헬레인은 모닥불 너머 반언의 얼굴을 쳐다봤다. 반언이 울상을 지으며 손가락 하나를 세우고 있었다.

"네, 마시겠습니다."

다그닥, 다그닥.

횃불을 든 수백의 기병들이 숲길을 따라 천천히 이동 중이었다.

이들은 워프린 영주의 사촌 동생 루스가 이끄는 부대로, 적의 요새를 공격 중인 워프린군의 주력 부대를 지원하기 위해 가는 중이었다.

하지만 루스는 일부러 서두르지 않고 시간을 질질 끌고 있었다.

'사촌 형이 요새를 공격하다 죽었으면 좋겠군. 형의 자식들은 나이가 아직 어려서 내가 영주직을 빼앗을 수 있을 테니 말이야.'

직접 출전을 한 워프린 영주의 죽음을 바라며 음산하게 미소를 짓던 루스는 수통에 담긴 인간의 피를 물처럼 들이마셨다.

'신선하군. 낮에 죽인 놈들의 피라서 그런가?'

루스는 자신의 직속 부하들을 이끌고 다니며 적의 영지를 약탈하고 파괴하며 돌아다녔다.

오늘도 작은 마을 하나를 약탈하고 건강해 보이는 마을 사람들을 붙잡아 산 채로 피를 뽑아냈다.

루스는 사람의 피가 건강에 좋다는 주술사의 말에 빠져 벌써 10년 넘게 산 사람의 피를 마시고 있었다.

그러다 보니 하루라도 사람 피를 마시지 않으면 갈증이 나 견딜 수가 없었다.

물로는 해결되지 않는 피의 갈증이었다.

신선한 피를 마시기 위해 그는 절대 죽은 사람의 피는 마시지 않았다. 그래서 사람을 납치해 피를 뽑아내고 죽이는 일이 비일비재했다.

　　다만 요즘은 왕좌를 두고 전쟁이 벌어진 덕에 편하게 신선한 피를 수급하고 있었다.

　　"꺼억!"

　　피를 마시고 트림을 한 루스는 빈 통을 바닥에 버렸다.

　　"모두 멈춰라."

　　"부대 정지!"

　　루스는 말 머리를 돌려 횃불에 비춰진 수하들의 얼굴을 쳐다봤다. 살인과 약탈에 심취해 수하들의 눈빛이 모두 뻘건 핏빛이었다.

　　"너희는 워프린 영주의 병사들이 아니라 내 병사다! 나와 함께 끝까지 가겠나!"

　　"예! 루스 님!"

　　수하들의 대답에 흡족한 미소를 지은 루스는 옆에 보이는 숲을 가리켰다.

　　"오늘은 여기서 숙영지를 편성한다. 요새는 우리가 아니라 해도 충성스러운 워프린 영주의 신하들이 알아서 잘 싸워 줄 테니까 말이다."

　　"하하하!"

　　"맞습니다, 루스 님!"

수하들이 말 위에서 낄낄댔다. 마을 약탈을 멈추고 합류하라는 워프린 영주의 지시가 떨어졌지만 그들은 루스와 함께 그 명령을 거역하고 다녔다.

그렇게 한다 해도 전투력이 뛰어난 루스의 부대가 워프린 영주에겐 필요해서 벌을 내리지 못할 거라는 자신감이 있었기 때문이다.

루스는 수하들을 이끌고 숲길을 벗어나 숲 안쪽으로 들어갔다.

사람들의 눈에 띄지 않을 적당한 자리를 찾던 루스의 눈이 반짝였다.

숲 안쪽에서 불빛이 언뜻 보였기 때문이다.

'누가 있나 보군.'

루스는 붉은 혀로 입술을 핥았다. 벌써 피가 그리웠다.

'잘됐어. 저곳에 있는 놈의 피로 갈증을 해결하면 되겠군.'

차가운 눈빛으로 불빛을 바라보던 루스는 수하들에게 명했다.

"모두 고함을 질러라! 사냥감이 놀라 공포에 질린 모습으로 도망치게 말이다!"

루스는 일부러 수하들이 큰 소리를 내게 했다.

"호우우우! 끼야야야!"

수백의 기병들이 입으로 기괴한 소리를 내며 모닥불로 보이는 불빛을 향해 접근했다.

"서두르지 마라! 놈들이 도망갈 시간은 줘야 하니까!"

"크하하하! 알겠습니다, 루스 님!"

병사들이 여기저기서 웃어 댔다. 루스와 손이 척척 맞는 것을 보면 이런 짓을 자주 해 본 것처럼 보였다.

'사냥 중에는 인간 사냥이 최고지.'

다가올 사냥을 기대하며 루스는 한껏 몸이 달아올랐다.

10년째 인간의 피를 마시다 보니 그는 사람이 사람처럼 보이지 않았다. 푸줏간에 걸려 있는 가축처럼 자신이 먹을 양식으로 여겨졌다.

'숲에서 날 만난 것을 운이 없다 여기거라.'

상대가 누구든 간에 붙잡아 피를 뽑아 먹을 생각인 루스는 투구를 쓴 고개를 좌우로 꺾었다.

고목나무처럼 굵직한 그의 목에서 우두둑 소리가 났다.

얼마 후, 루스와 그의 병사들은 불빛의 발원지인 숲 공터에 도착했다.

그곳엔 여행자로 보이는 세 사람이 모닥불을 등지고 서 있었다.

"아니, 이게 무슨 소리야?"

마지막 술잔을 비운 반언은 숲 저편에서 들리는 괴성에 미간을 찌푸리며 자리에서 일어났다.

괴성이 들려오는 방향에서 횃불로 추정되는 수많은 불빛들이 나타났다.

그뿐만 아니라 많은 말들이 접근하는지, 특유의 말발굽 소리가 괴성 소리를 뚫으며 공터까지 전달되고 있었다.

"영주님, 기병들이 이곳으로 오고 있는 것 같습니다."

반언의 말에 이안은 고개를 끄덕였다.

"그런 것 같군."

이안은 괴성이 들리기 전부터 기병들의 움직임을 먼저 포착했었다. 그냥 지나갈 거라고 예상했는데, 뜻밖에도 괴성을 내지르며 자신들을 위협하고 있는 것이다.

'미친놈들인가?'

이안은 어이없어했다.

"느낌이 좋지 않습니다, 영주님."

헬레인이 날카로운 눈빛으로 멀리 어둠 속에서 다가오는 기병들을 노려봤다.

"이야기나 한번 들어 보자고, 왜 저러는지."

이안이 모닥불 앞에 서자 그 양옆으로 반언과 헬레인이 늘어섰다.

잠시 뒤, 괴성을 지르던 자들이 공터에 도착했다.

루스는 수하들 사이를 지나 맨 앞으로 나섰다가 껄껄 웃었다.

"이건 또 뭐야? 왜 이곳에 이런 게 있지?"

루스는 모닥불 주변의 침대들을 보고는 황당하다는 듯 중 얼거렸다. 군막에서 사용하던 나무 침대보다 좋아 보였다.

"루스 님, 저놈들을 죽이시고 오늘 밤 저 침대를 사용하시 지요. 따뜻해 보입니다."

부관이 속삭이자 루스는 비릿한 미소를 짓다가 돌연 주먹 으로 부관의 얼굴을 후려쳤다.

"크윽!"

말 위에서 굴러떨어진 부관을 향해 루스가 차갑게 말했다.

"내가 좀도둑이냐, 저런 더러운 침대 따위를 노리게?"

"죄, 죄송합니다, 루스 님."

"한 번만 더 날 모욕하는 소리를 지껄였다가는 네놈 창자 를 끄집어내 개먹이로 주겠다."

"명심하겠습니다."

얼굴이 부어오른 부관은 자신의 말에 다시 올라탔고, 루스 는 고개를 돌려 공터에 서 있는 이안과 반언, 헬레인을 차례 로 둘러봤다.

'너무 겁에 질려 아예 도망갈 생각을 못 한 것인가?'

루스는 사냥감들이 미동도 하지 않고 자리를 지키고 있자, 아쉬워하며 물었다.

"너희들은 누구냐?"

"여행자입니다."

이안은 순순히 답했다. 될 수 있으면 이들과 문제를 일으키고 싶지 않았다. 헬레인이 피운 모닥불에서 조용히 잠을 자고 싶을 뿐이었다.

"어디서 왔지?"

"벨로린에서 왔습니다."

"벨로린?"

루스의 눈빛이 더욱 음침해졌다.

크로티와 벨로린은 크고 작은 전쟁을 수시로 치를 정도로 사이가 좋지 않았다.

그러나 그것은 왕국과 왕국 간의 갈등일 뿐, 전쟁 기간이 아니라면 양측 상인들과 일반 백성들은 자유롭게 왕래를 해왔다.

심지어 크로티의 명소를 구경하기 위해 찾아가는 벨로린 사람들도 상당히 있을 정도였다.

따라서 단순히 벨로린에서 왔다 하여 그것을 문제 삼을 수는 없었다.

턱을 매만지던 루스가 다시 물었다.

"여기서 뭘 하고 있지?"

"보시다시피 노숙 중입니다."

"이런 침대를 가지고 다니며 노숙을 한다? 웃기는 놈들이군."

루스의 말에 주변의 병사들이 낄낄대며 이안을 비웃었다.

말없이 서 있던 반언의 얼굴이 벌겋게 달아올랐다. 하지만 이안의 명이 있기 전까진 함부로 나설 수 없었다.

"일행은 여기 있는 너희들이 전부냐?"

"그렇습니다."

"그럼 셋 중에 한 놈을 골라야겠구나."

"무엇을 고른단 말입니까?"

이안이 차분히 묻자 루스는 붉은 혀로 입술을 핥으며 대꾸했다.

"내가 마실 피를 뽑을 자를 말하는 것이다. 이들 중에 누가 건강해 보이느냐?"

루스가 수하들에게 소리쳐 물었다.

어느새 공터를 넓게 포위하고 대기 중이던 루스의 병사들이 일제히 이안을 가리켰다.

"저놈이 제일 젊고 건강해 보입니다, 루스 님! 피가 굉장히 신선할 것 같습니다!"

병사들은 도살할 가축을 고르듯 말을 했고, 그 모습을 지켜보던 이안의 표정이 점차 싸늘해졌다.

"그러니까, 지금 내 피를 마시겠다는 겁니까?"

"물론이다. 너의 피는 내 몸속으로 들어와 내 피와 살이 될 것이다. 영광으로 알거라, 장차 난 영주가 될 몸이니까, 크하하하!"

잔혹한 눈빛으로 웃고 있는 루스를 물끄러미 바라보던 이안은 마법 주머니를 꺼내 그 안에 나무 침대들을 말없이 집어넣기 시작했다.

웃고 있던 루스는 이안의 마법 주머니를 탐욕 가득한 시선으로 노려봤다.

"네놈이 신기한 주머니를 가지고 있구나."

"왜, 이젠 이것도 탐이 나냐?"

이안의 말투가 변하자 루스의 표정이 굳어졌다.

"뭐라고?"

"그동안 다른 사람의 피를 얼마나 처먹고 다녔냐?"

"네놈이 죽고 싶어 환장했구나."

"어차피 죽이려고 했잖아, 이 새끼야. 묻는 말이나 대답해."

마법 주머니를 품 안에 넣은 이안은 루스를 바라보며 거칠게 말했다.

루스는 피식 웃으며 투구를 벗었다.

"이거 당황스럽군. 모닥불을 쬐는 쥐새끼인 줄 알았는데 늑대 정돈 된다는 것인가?"

투구를 벗자 투구 속에 가려져 있던 루스의 얼굴이 온전히 드러났다.

30대 후반의 기품 있어 보이는 얼굴이었다.

골격이 장대하고 근육질로 뭉쳐져 있는 몸과 대비되는 부드러운 인상으로, 사람의 피를 마시는 흉악무도한 자로는 보이지 않았다.

"궁금해하니 말해 주겠다. 어차피 죽을 놈이니까. 내 대답은 나도 모르겠다는 것이다. 지난 10년간 너무 많은 사람의 피를 마셨거든. 굳이 말하자면 천 명쯤 되겠군. 처음엔 납치한 놈들을 가둬 놓고 매일 그 피를 뽑아 마셨지만 그건 금세 질리더군. 피 맛도 사람마다 달라서 말이야. 그래서 요즘은 그 자리에서 피를 뽑은 후, 죽여 버리지."

태연히 천 명의 피를 마셨다는 루스의 대답에 이안은 구역질이 올라왔다.

"이 새끼 이거, 단단히 미쳤네. 너 흡혈귀냐?"

"뭐라 부르던 상관 않겠다. 네 말도 틀린 건 아니니까. 나는 인간의 피를 마시며 사는 위대한 존재다."

루스가 입을 벌리자 그 안에서 길게 뻗은 송곳니가 드러났다.

10년 동안 피를 마시며 루스의 신체는 변화를 일으켰고, 그중 하나가 바로 이 길게 자란 송곳니들이었다.

루스는 일부러 송곳니들을 더욱 뾰족하게 다듬어서 사람 목에 박아 피를 빨아 먹는 데 이용했다.

"네놈은 특별히 목을 물어뜯어서 산 채로 피를 빨아 마셔 주겠다."

루스는 벗었던 투구를 다시 머리에 착용하며 수하들에게 지시를 내렸다.

"저 젊은 놈만 살려 두고 나머지 놈들은 죽여라. 믿는 구석이 있는 것 같으니 방심하지 말고."

"예, 루스 님!"

공터를 둘러싸고 있던 병사들 일부가 말에서 내려 검을 뽑아 들었다.

채채챙!

수십 명의 병사들이 검을 들고 다가오자 이안이 주변의 병사들이 모두 들을 수 있는 큰 목소리로 말했다.

"영지민들을 지켜야 할 병사들이 저 미친놈을 따라다니며 같이 나쁜 짓을 해? 부끄럽지 않느냐!"

이안이 꾸짖었지만 병사들은 코웃음을 치며 반성하는 기미가 없었다.

"웃어? 그래, 지금은 웃음이 나오지, 이 새끼들아. 딱 한 번만 기회를 준다. 살고 싶은 새끼들은 지금 당장 뒤돌아서서 앞만 보고 달려. 운이 좋으면 내가 몇 놈 정도는 실수로 놓칠 수가 있으니까."

"정신이 나갔군. 네놈이 우리 모두를 상대하겠다고?"

병사들이 여기저기서 이안을 비웃었다.

공터 주변에 집결한 루스의 부대원들은 근 3백 명 가까이 됐다.

그것도 실전 경험이 풍부한 부대였다.

이안의 말이 귀에 들어올 리가 없었다. 게다가 그들은 이미 루스처럼 살인과 약탈에 길들여진 자들이었다. 루스의 아래에선 돈도 많이 벌 수 있었다.

"우리는 영원히 루스 님의 부하들이다!"

"죽어라!"

몇몇 병사들이 루스에게 잘 보이려는 듯 우렁차게 외친 후, 거구의 반언을 향해 검을 휘두르며 달려들었다.

이안은 루스와 병사들이 한통속인 것을 확인하고는 반언에게 차갑게 말했다.

"손에 사정을 두지 마."

"명을 받들겠습니다!"

아까부터 화를 억누르며 참고 있었던 반언이 검을 뽑아 자신을 향해 달려오는 병사들에게 가볍게 검을 휘둘렀다.

번쩍이는 검광이 병사들의 목을 스치고 지나갔다.

투퉁! 퉁!

몸과 분리된 대여섯 개의 수급이 허공으로 떠올랐다가 공터에 떨어졌다.

너무도 쉽게 동료들이 죽어 나가자 검을 들고 뒤에서 지켜보던 수십 명의 병사들이 깜짝 놀란 표정을 지었다.

그러나 그것도 잠시 고함을 지르며 떼로 몰려들었다.

"네놈들이 쉬운 사람만 상대하다 보니 겁을 상실했구나."

싸늘하게 일갈한 반언이 번개처럼 빠른 속도로 수십 명의 병사들 사이를 파고들었다.

콰쾅!

공터를 뒤흔드는 커다란 소리와 함께 수십 명의 병사들이 팔다리가 잘리고 허리가 양단된 채 뒤로 튕겨져 나갔다.

철퍼덕!

공터엔 훼손된 병사들의 시신들이 즐비했고, 그들의 몸에서 뿜어져 나온 피가 자욱한 안개가 되어 허공을 붉게 물들였다.

그 한가운데 반언이 이글거리는 눈빛으로 검을 들고 서 있었다.

"이제 어느 놈이 올 것이냐?"

반언의 기세에 짓눌린 공터 주변의 말들이 푸드덕거리며 뒤로 물러나려 했지만, 노련한 병사들이 말들을 통제하며 다음 지시를 기다렸다.

'빌어먹을!'

생각보다 대단한 상대의 실력에 가슴이 서늘해진 루스는 투구의 안면 가리개를 밑으로 내리며 수하들에게 급히 명했다.

"그냥 모조리 밟아 버려! 다 죽여도 좋다! 젊은 놈도, 저 여자도, 저 노인도 다 죽여 버려!"

"예!"

넓은 공터를 포위하고 있던 수백의 기병들이 투구의 안면 가리개를 아래로 내리고는 고삐 풀린 황소처럼 일제히 창을 들고 돌격했다.

　숲에서도 싸우는 법을 제대로 배운 그들의 기세는 보통 날카로운 게 아니었다.

　헬레인과 반언이 그들과 맞서 싸우려 하자, 이안이 검을 뽑으며 말했다.

　"내게 맡기고 두 사람은 뒤로 물러나 있어."

　땅을 박차고 허공으로 떠오른 이안은 무서운 속도로 떨어지며 검을 땅에 박았다.

　쿠쾅!

　거대한 굉음과 함께 땅이 크게 요동치더니 이안의 일행이 있는 곳을 중심으로 강렬한 빛을 뿜어내는 검기들이 땅에서 솟구쳐 사방으로 날아갔다.

　검의 형상을 띤 거대한 검기들이, 공터를 포위하며 돌격해 오는 병사들을 폭풍처럼 휩쓸었다.

　콰콰콰콰쾅!

　창을 들고 달려오던 기병들도, 석궁을 겨누던 자들도, 앞의 동료들을 따라 용감하게 뒤따라오던 이들도 검기에 맞아 몸이 폭죽처럼 터지며 뒤로 튕겨져 나갔다.

　단단한 갑옷도 그들을 보호해 주지는 못했다.

　"크아아악!"

　"커헉!"

　사방에서 비명 소리가 난무했고, 잠시 후 그 비명 소리조차도 멈췄다.

한쪽 무릎을 구부린 자세로 땅에 검을 꽂았던 이안은 검을 뽑으며 천천히 자리에서 일어나 주변을 둘러봤다.

멀쩡한 모습으로 서 있는 것은 이안과 반언, 헬레인뿐이었다.

주변이 초토화되고 수백의 기병들이 순식간에 전멸해 버렸다.

싸움에 동참하려 했던 헬레인은 놀라움이 가득한 표정으로 이안을 바라봤다.

'상상 이상으로 강하셔. 그리고 과감하고 냉정해.'

병사들에게 경고를 한 번 한 후, 이안은 말한 대로 그들을 모두 없애 버렸다.

"영주님, 그 루스라는 녀석은 수하들을 싸우게 하고는 북쪽으로 도망쳤습니다. 제가 가서 놈을 처리하겠습니다."

반언의 말에 이안이 고개를 가로저었다.

"아니야, 그 개자식은 내가 처리할게."

이안은 차가운 표정으로 루스가 도망친 방향으로 몸을 날렸다.

두 필의 말이 어두운 숲을 빠르게 질주하고 있었다.

앞이 잘 안 보이는 한밤중이라 자칫하다간 나무와 바위에 부딪혀 크게 다칠 수도 있었지만, 말의 주인들은 그 위험을 무릅쓰며 다급히 말을 몰았다.

"루스 님, 조금만 더 가면 강이 나올 겁니다! 그곳에서 말을 버리고 강을 따라 헤엄쳐 내려가시지요!"

루스와 함께 도망치던 부관이 소리쳐 말했다.

"강을 타고 내려가자고?"

"루스 님도 보셨잖습니까! 보통 놈들이 아닙니다! 분명 끝까지 쫓아와 루스 님을 죽이려 할 것입니다! 강에서 흔적을 지우면 놈들이 추적을 못 할 것입니다!"

부관의 말에 루스는 와락 인상을 쓰며 달리는 말 위에서 뒤를 돌아봤다.

시커먼 어둠 속에서 검을 든 젊은 사내가 당장이라도 나타날 것만 같았다.

'빌어먹을, 믿기지 않는군, 이런 꼴로 도망치다니. 대체 그놈은 누군데 이렇게 강한 거지?'

루스도 처음부터 도망칠 생각을 한 건 아니었다. 비록 검을 든 노인이 강해 보여 불안하긴 했지만 말이다.

그러나 이안이 만든 눈부신 검기에 포위 공격을 하던 수하들이 앞줄부터 차례로 갑옷과 함께 사정없이 썰려 나가자, 그때부턴 도저히 싸울 엄두가 나지 않았다.

공터 주변의 우람한 나무들도 짚단처럼 잘려 나가는 모습은 경악스러울 정도였다.

그야말로 아수라장이 따로 없었다.

만약 현장에서 조금만 더 머뭇거렸다면 맨 뒤에 서 있던 자신도 검기에 맞아 분명 목숨을 잃었을 것이다.

조금 전 아찔했던 상황을 떠올리던 루스는 말이 갑자기 중심을 잃고 앞으로 넘어지려 하자 다급히 말에서 뛰어내렸다.

쿠웅!

넘어진 말이 옆에 있던 바위와 2차로 충돌했다.

"젠장!"

바닥을 구르며 일어선 루스는 자신의 말을 쳐다봤다. 발목이 꺾여 제대로 움직이지 못하고 있었다.

한밤중에 앞을 살피지 않고 무리하게 달린 탓에 부상을 입은 것이다.

"이런 쓸모없는 것 같으니라고!"

화가 솟구친 루스가 투구를 벗어 그 투구로 말의 머리를 여러 차례 가격했다.

두개골이 박살 난 말은 숨이 끊어졌고, 루스는 거친 숨을 몰아쉬며 피 묻은 투구를 바닥에 내팽개쳤다.

"루스 님, 괜찮으십니까!"

앞서 달려갔던 부관이 되돌아와 루스에게 물었다.

"난 괜찮다. 이제 말이 한 마리뿐이니, 큰일이구나."

"걱정 마십시오, 제 말은 힘이 좋은 녀석이니 루스 님과 함께 타고 가도 문제없을 것입니다."

"고맙구나. 아까 네 얼굴을 친 것은 미안하다."

루스가 주먹으로 때린 일을 사과하자 부관이 답했다.

"아닙니다, 루스 님. 어서 말에 오르시지요. 서둘러 이곳을 벗어나야 합니다."

"그래, 알겠다."

루스는 부관의 말에 올라탔다.

"그럼 출발하겠습니다."

막 말을 출발시키려던 부관이 돌연 비명을 질러 댔다. 뒤에 탄 루스가 부관의 목을 물어 버린 것이다

"크아아아! 왜, 왜 이러시는 겁니까!"

"쯥! 쯥!"

루스는 부관의 말에 대꾸도 하지 않고 그의 피를 흡입하는 것에만 몰두했다.

부관이 말 등 위에서 몸부림치며 루스에게서 벗어나려 했지만, 루스는 우람한 두 팔로 부관의 상체를 강하게 결박해 꼼짝도 못 하게 만들었다.

피를 마음껏 마신 루스는 얼굴이 창백하게 변한 부관의 목을 뒤로 꺾어 버렸다.

우드득!

목뼈가 부러진 부관이 힘없이 말 등 위에서 굴러떨어졌다.

"이제 좀 살 것 같군."

피를 마시자 힘이 샘솟은 루스는 입가에 미소를 짓다가 표정이 굳어졌다.

이안이 나뭇가지 위에서 그를 차가운 시선으로 내려다보고 있었던 것이다.

"너, 넌."

"하다 하다 이젠 수하들 목에 다 **빨대**를 꽂네. 너란 새끼 아군도 적군도 없냐, 이 십새야?"

"이럇!"

이안의 말에 대꾸하는 대신 루스는 도망치는 것을 선택했다.

"어딜 가, 이 새끼야."

말을 몰아 도망치는 루스를 향해 이안이 냅다 투구를 집어던졌다.

방금 전 루스가 말의 두개골을 박살 낼 때 사용한 그 투구였다.

쉬이익!

빠른 속도로 날아간 투구가 루스의 뒤통수에 적중했다.

"크윽!"

비명을 내지른 루스가 말에서 떨어졌고, 이안은 천천히 그를 향해 걸어갔다.

"너 때문에 애써 준비한 잠자리가 다 망가졌어, 이 새끼야. 책임은 져야 할 거 아니야."

머리에서 피를 흘리던 루스가 비틀거리며 일어나 검을 뽑아 포스를 일으켰다. 나름 그도 실력 있는 포스 검사였던 것이다.

다가오는 이안을 노려보며 루스는 두 다리를 벌리고 검술을 펼칠 자세를 취했다.

'이왕 이렇게 된 거 최선을 다해서 싸운다. 놈의 빈틈을 노리면 이길 수 있을지도 몰라. 해보자!'

스스로에게 다짐을 하며 용기를 북돋던 루스의 코앞에 이안의 주먹이 소리 없이 날아왔다.

'언제!'

순간적으로 다가온 이안의 주먹을 피하지 못한 루스는 콧잔등이 박살이 난 채 뒤로 날아갔다.

쿠웅!

굵은 나무와 등을 세차게 충돌한 루스는 폭포수 같은 코피를 쏟아 내며 쿨럭거렸다.

"어떻게 책임질 거냐고, 이 자식아."

이안이 가까이 다가오자 기회를 엿보던 루스가 벌떡 일어나 포스검으로 이안의 가슴을 번개처럼 찔렀다.

"죽어라, 이 개자식아!"

고함을 치며 사력을 다해 검을 찔러 넣었던 루스의 표정이 돌덩이처럼 딱딱해졌다.

이안이 맨손으로 포스검의 끝부분을 붙잡고 있었기 때문

이다.

"어, 어떻게 맨손으로."

루스는 전력을 다해 검을 빼내려 했지만 검은 이안의 손에 붙잡혀 미동도 하지 않았다.

루스는 결국 검을 포기하고 뒤로 주춤 물러났다.

이안은 물러나는 루스의 복부를 발로 걷어찼다.

콰앙!

큰 소리와 함께 나무를 부러트리고 뒤로 튕겨져 나간 루스가 땅바닥에 처박혔다.

그의 단단했던 갑옷은 산산조각이 나 있었고, 그의 복부는 부서진 갑옷 조각들이 박혀서 깊은 상처가 나 있었다.

"크으으으."

숨을 쉴 때마다 복부에 박힌 갑옷 조각들이 큰 고통을 유발했다.

"아프냐?"

"당연하지 않느냐!"

땅에 쓰러져 있던 루스가 악에 받친 목소리로 다가오는 이안에게 소리쳤다.

"네가 죽인 사람들은 얼마나 고통스럽고 힘들었겠냐? 천 명의 피를 뽑아 마셨다고? 그게 사람이 할 짓이냐, 이 개새끼야!"

이안은 땅에 쓰러져 있던 루스의 얼굴을 발로 걷어찼다.

루스가 자랑하던 송곳니가 부러지며 그의 입천장에 박혔다.

"으아아악!"

입천장에 기다란 송곳니가 두 개나 박힌 루스는 두 손으로 입을 감싸며 몸부림을 쳤다.

입안에서 콸콸 피를 쏟는 루스를 차가운 눈빛으로 내려다보던 이안은 루스에게서 빼앗은 검을 허공에 이리저리 휘둘렀다.

"어떻게 죽고 싶나? 어떤 죽음을 선택하든 최고의 고통을 선사해 주마. 넌 그럴 만한 자격이 있으니까."

소름 끼치는 이안의 말에 루스는 바닥을 기어 뒤로 물러나며 이안에게 애원했다.

"협, 협상을 하자. 날 살려 주면 네가 원하는 건 뭐든지 들어주겠다. 재물이든 땅이든 무엇이든 해 주겠다. 난 워프린 영주의 사촌 동생으로, 그만한 능력이 있다."

"아, 워프린 영주가 네 사촌 형이었군."

"부탁이다. 우연히 이 숲에서 만났을 뿐인데, 이렇게까지 할 필요는 없지 않느냐?"

"그건 내가 하고 싶은 말이야, 이 자식아. 넌 왜 이 숲에서 우연히 만난 날 죽이려 했냐?"

이안이 말을 하며 루스의 옆구리를 걷어찼다.

몸이 붕 뜬 루스가 나무에 강하게 충돌했다.

"커헉!"

갈비뼈가 부러진 루스는 호흡을 제대로 하지 못해 괴로워했다.

이안은 루스에게 걸어가 그의 얼굴을 발로 지그시 누르며 물었다.

"네 사촌 형도 네가 이 짓거리 하고 다니는 걸 아나?"

"모, 모르고 있다. 내가 주변을 철저히 관리한 데다 그 인간은 중앙 정치에 관심이 깊어 자신의 영지에서 벌어지는 일은 소홀히 하고 있다. 그러니 제발, 이제 나와 협상을 하자. 날 살려 주면 네가 원하는 건 뭐든지 들어주겠다."

루스는 비굴하게 사정을 했다.

잠시 말없이 루스를 내려다보던 이안은 루스의 얼굴에 올려놨던 한쪽 발을 떼며 뒤로 몇 걸음 물러났다.

"사람이 왜 사람인 줄 아나? 그건 바로 사람답게 행동하기 때문이다. 누가 가르쳐 주지 않아도 할 일과 해선 안 될 일을 본능적으로 알아채는 존재, 그게 바로 사람이다."

이안은 말을 하며 검으로 나뭇가지를 베어 꼬챙이처럼 생긴 말뚝을 만들기 시작했다.

"나는 지금껏 사람 같지 않은 놈들을 여럿 상대해 봤다. 그들 중엔 영주도 있었고, 왕 못지않은 권력가와 식인 괴물을 만든 흑마법사도 있었다. 아, 고리대금업을 하던 놈도 있었군. 그놈은 말이야, 돈을 갚으러 온 사람들을 죽여 벽 속에

암매장을 하고 그들의 재산을 빼앗았었다."

이안은 말뚝을 만들며 그동안 자신이 죽인 자들을 일일이 거론했다.

이안의 말이 길어질수록 루스는 협상이 물 건너갔다는 것을 어렴풋이 느끼게 됐다.

"피에테라는 사이비 교주 녀석도 아주 지랄맞은 놈이었다. 결국 내 손에 뒈졌지만 말이야."

"피에테? 그럼 설마 당신이 알베른 영주!"

루스가 깜짝 놀란 눈빛으로 말뚝의 끝을 날카롭게 다듬고 있는 이안을 쳐다봤다.

벨로린과 국경을 맞대고 있는 크로티인 만큼 루스도 이안의 소문을 들어서 알고 있었다.

"그래, 그게 바로 나다."

손에 여러 개의 나무 말뚝을 들고 이안이 다가오자, 사색이 된 루스가 자리에서 비틀거리며 일어났다.

'이자가 알베른 영주였다니. 내 부하들이 몰살당한 것도 이상한 게 아니었어. 젠장! 왜 이자가 이곳에 나타난 거야, 왜!'

속으로 부르짖은 루스는 캄캄한 숲을 향해 전력을 다해 도망치기 시작했다.

전신이 아팠지만 이대로 죽음을 맞이할 수는 없었다.

"네가 어떻게 죽을지 선택을 안 해서 내가 임의로 선택을 했다. 아마 만족할 거다."

순식간에 쫓아온 이안이 도망치는 루스를 붙잡아 커다란 나무에 기대 세우고는 그의 손바닥과 발등에 말뚝을 박아 넣었다. 그야말로 전광석화와 같은 빠른 행동이었다.

"크아아아아!"

팔다리가 펼쳐진 채 나무에 말뚝으로 박힌 루스는 비명을 지르며 괴로워했다.

지면과 발이 떨어져 공중에 뜬 상태인 루스의 육중한 몸은 아래로 자꾸 내려가려 했고, 말뚝이 그것을 지탱했다.

그 결과 시간이 흐를수록 말뚝이 박힌 살 주변이 조금씩 찢어지며 상상할 수 없는 고통이 계속 밀려왔다.

"차라리 그냥 죽여 줘!"

루스가 울부짖었지만 이안은 눈 하나 깜짝이지 않았다.

"네 몸의 피가 상처를 통해 다 빠져나올 때까지 너는 죽지 않을 것이다."

"잔인한 새끼야! 그냥 죽여 달라고!"

이성을 상실한 루스가 이안을 노려보며 외쳤다.

"네게 피를 빨리고 죽은 사람들에게 사죄나 해."

"크아악, 이 개자식아!"

비명을 지르며 고통으로 몸부림치는 루스를 한동안 바라보던 이안은 루스의 검을 녹여 손바닥에 쇳물을 모으기 시작했다.

신기하게도 이안의 손에서 쇳물이 흘러내리지 않고 일정

하게 고여 있었다.

"뭐, 뭐 하려는 거야?"

"마음 같아서는 네 피를 다 뽑아내 죽이고 싶지만, 나도 여기 계속 있을 순 없잖아. 돌아가서 잠도 자야 하고. 빨리 끝내자."

이안은 루스의 입을 강제로 벌려 손안의 시뻘건 쇳물을 들이부었다.

치이이이!

부글부글 끓는 쇳물이 입안으로 들어오자 루스는 극한의 고통을 맛보며 비명을 내질렀다.

"으아아악!"

그러나 그의 비명은 길게 이어지지 않았다. 시뻘건 쇳물이 혀를 녹이고 식도로 넘어가며 목구멍을 태워 버렸기 때문이다.

몸속이 타들어 가는 고통에 몸부림치던 루스는 눈을 부릅뜬 채 결국 숨이 끊어지고 말았다.

이안은 시신이 된 루스를 차갑게 바라보다가 뒤돌아섰다.

블란조르가 팔짱을 끼고 서 있었다.

"너무 심했나?"

―전혀. 그렇게 죽어도 싼 놈이다. 그놈이 한 짓을 생각해 보아라.

이안은 고개를 끄덕였다.

"그만 돌아가자고."

이안은 일행이 기다리고 있는 곳으로 돌아가려다 무슨 이유인지 몸을 돌려 루스의 시신을 향해 다가갔다.

－왜 그러느냐?

"왠지 이 자식의 몸에서 계속 사람들의 비명 소리가 들리는 것 같아서."

죽은 루스를 노려보던 이안은 성화를 일으켰다. 그리고 루스의 가슴에 가져다 댔다.

화르르르.

성스러운 불꽃이 루스를 집어삼키며 활활 불태우기 시작했다.

그 순간, 죽은 루스의 몸에서 눈송이처럼 작은 수많은 하얀 빛들이 솟구쳐 밤하늘로 날아가기 시작했다.

그 모습에 블란조르가 감탄을 하며 말했다.

－저놈에게 피를 빨리며 죽은 사람들의 원혼이 성화를 거치며 정화가 되어 사라지는 것 같구나.

"정말 그랬으면 좋겠어."

루스는 성화에 의해 이내 잿더미가 되었고, 환청처럼 들렸던 비명 소리도 이안에게 더 이상 들리지 않았다.

－혹시 성화의 능력이 상승했느냐?

"아니, 하지만 기분은 좋네. 저 모습을 보니 말이야."

이안은 눈송이만큼 작은 하얀 빛들이 밤하늘 높이 날아가는 것을 올려다보며 빙그레 미소를 지었다.

에렌투산맥 안을 흐르는 계곡을 따라 점점 깊은 산속으로 들어가던 중년의 수도사 엘러트는 뒤를 돌아봤다.

10대 초반의 소녀가 가쁜 숨을 몰아쉬며 뒤따라오고 있었다.

"잠시 쉬었다 가자."

"예, 수도사님."

조르엔은 쉬었다 가자는 소리에 반가워하며 크게 대답했다.

두 사람은 계곡 주변에 앉아 휴식을 취하며 말없이 흐르는 물을 내려다봤다.

높은 산 정상에서 발원한 이 물은 제법 웅장한 소리를 내며 산 아래로 흘러내려가고 있었다.

수량도 많고 급류여서 빠지면 헤어 나오지 못할 것 같았다.

"어제 무섭지 않았느냐?"

엘러트가 묻자 손톱을 물어뜯던 조르엔이 얼른 손을 내리며 대답했다.

"무섭지 않았습니다. 수도사님이 몬스터들을 다 혼내 주셨잖아요."

어젯밤 에렌투산에서 노숙을 할 때 작은 덩치의 몬스터들이 갑자기 나타나 공격을 했었다.

그러나 몬스터들은 수도사를 감당하지 못해 죽거나 도망을 쳤다.

물끄러미 조르엔을 바라보던 엘러트는 고개를 돌려 계곡물을 응시했다.

수십 년 전, 엘러트 자신도 조르엔만 할 때 에렌투 수도원의 수도사들과 함께 이 자리에서 쉬었다 간 적이 있었다.

'벌써 수십 년이 흘렀군.'

과거를 회상하던 엘러트는 자리에서 일어났다.

"네가 앞으로 살게 될 곳은 어제 본 몬스터들보다 더 흉포한 녀석들이 출몰한다. 그래도 그곳에서 살겠느냐?"

"전 갈 곳이 없습니다. 수도원에서 살고 싶습니다."

부모를 여읜 후 병이 들고 굶주림에 지쳐 있던 조르엔을 살린 사람은 눈앞의 수도사였다.

그녀는 자신에게 온정을 베푼 사람과 헤어지기 싫었다.

"수도원에 들어가면 너는 샬렌님을 섬기며 엄격한 생활을 해야 한다. 각오는 되어 있는 것이냐?"

엘러트가 짐짓 엄한 목소리로 묻자, 조르엔이 자리에서 벌떡 일어나 대답했다.

"네, 수도사님!"

조르엔을 잠시 바라보던 엘러트는 몸을 돌려 다시 길을 걷기 시작했다.

"가, 같이 가요, 수도사님!"

조르엔은 작은 짐 가방을 등에 메고 서둘러 엘러트의 뒤를 따라갔다.

두 사람은 중간중간 쉬어 가며 하루 종일 에렌투산맥 깊숙이 들어갔다.

어제 아침에 산을 오르기 시작했으니, 오늘까지 꼬박 이틀 동안 산행을 하고 있는 것이다.

경사가 심한 산길과 깎아지른 듯한 절벽 길을 통과하며 조르엔은 녹초가 됐지만 꿋꿋하게 엘러트 수도사의 뒤를 따라 산행을 이어 갔다.

"거의 다 왔다. 힘들겠지만 조금만 참아라."

"예, 수도사님."

해가 많이 기울었을 무렵 산과 산 사이에 위치한 깊은 숲에 도착한 조르엔은 숲으로 들어가기 전 주위를 둘러봤다.

숲 앞쪽에 조성된 제법 넓은 밭에서 모자를 눌러쓴 몇몇 사람들이 감자를 캐고 있었다.

'이런 곳에 감자밭이 있다니. 옥수수밭도 있어. 저기 염소들도 있고.'

숲 주변의 밭에서 일을 하는 사람들을 호기심 짙은 시선으로 바라보던 조르엔은 엘러트에게 물었다.

"수도사님, 저분들도 수도원에 계시는 분들입니까?"

"그렇단다. 대부분의 식량은 자체적으로 해결을 하고 있다."

"네에."

"수도원은 이 안에 있다. 그만 들어가자."

"예, 수도사님."

숲길을 따라 얼마간 들어가자 숲에 가려져 있던 고풍스러운 수도원이 마침내 그들 앞에 모습을 드러냈다.

나이 지긋한 에렌투 수도원의 원장 마일스는 등에 가방을 메고 서 있는 조르엔을 물끄러미 바라보다가 말문을 열었다.

"멀리서 오느라 고생했구나. 방을 줄 테니, 가서 푹 쉬어라."

"감사합니다, 수도원장님."

조르엔은 방 안의 무거운 분위기에 짓눌려 공손히 답했다.

"팔린, 이 아이를 데리고 가게."

"예."

흰색 수도복을 입고 허리에 검을 찬 수도사 팔린이 조르엔에게 다가왔다.

"나와 함께 가자."

"자, 잠시만요."

조르엔은 옆에 서 있는 엘러트를 올려다봤다.

"또 볼 수 있는 거죠?"

"……."

엘러트는 말없이 조르엔을 바라보다가 고개를 끄덕였다.

"그래, 걱정하지 말고 이분을 따라가거라."

"꼭 다시 봐야 돼요!"

조르엔은 팔린과 함께 방을 나가며 외쳤다.

쿠웅.

방문이 닫히자 수도원장 마일스는 책상 앞에서 일어나 둥근 탁자로 걸어갔다.

"외부에서 새 인원을 데리고 오는 기간은 지났네. 자네도 알고 있지 않은가?"

"몸이 약해 그냥 두고 올 수가 없었습니다."

"내가 보기엔 무척 건강하던데?"

탁자에 두 손을 올린 마일스가 탁자 너머에 서 있는 엘러트를 지그시 바라보며 말했다.

"이곳으로 오는 동안 다행히 건강을 회복했습니다. 샬렌님의 은총이 있었던 모양입니다."

"원칙은 원칙이네. 다시 세상으로 돌려보내겠네."

수도원장의 말에 엘러트가 앞으로 다가와 말했다.

"기간이 지났다 하여 여기까지 온 아이를 내보내는 것은 너무 가혹한 처사가 아니겠습니까? 부디 자비를 베풀어 주십시오. 샬렌님을 위해 헌신할 훌륭한 재목입니다."

"음."

"부탁드립니다. 희망을 품고 온 아이입니다. 저 아이가 이대로 세상에 나가면 누굴 원망하겠습니까?"

"샬렌님이겠지. 그러게 왜 저 아이를 데려온 것인가?"

미간을 좁힌 마일스는 못마땅한 표정으로 엘러트를 바라봤다.

한동안 침묵하던 마일스가 탁자 앞 의자에 앉으며 말했다.

"생각해 보겠네. 일단 앉게."

"감사합니다, 원장님."

엘러트는 한고비를 넘긴 사람처럼 속으로 안도를 하며 의자에 앉았다.

"저 아이 때문에 정작 중요한 이야기를 나누지 못했군. 그래, 갔던 일은 어떻게 됐나?"

"튜르 지파는 더 이상 존재하지 않습니다. 벌써 오래전에 명맥이 끊어졌습니다."

"뭐라고?"

깜짝 놀란 마일스가 탁자 너머에 앉아 있는 엘러트를 바라봤다.

"자세히 말해 보게."

"알려 주신 곳으로 갔습니다만, 그 산속엔 폐허가 된 빈 건물만이 남아 있었습니다."

고대 샬렌교의 지파 중 하나인 튜르 지파 사람을 만나기 위해 시페로스 왕국에 다녀온 엘러트는 그곳에서 있었던 일을 보고했다.

튜르 지파 역시 아루두인 지파처럼 세상과 단절한 채 은둔자처럼 살아온 사람들이었다.

그러나 그들은 더 이상 존재하지 않았다.

스스로 명맥을 끊어 버린 것이다.

튜르 지파가 건물 벽에 남긴 기록을 찾아낸 엘러트는 그 내용을 적은 종이를 꺼내 마일스에게 건넸다.

종이를 다 읽은 마일스는 무거운 표정으로 엘러트를 바라봤다.

"안타까운 일이군. 내분이 일어나 지파의 명맥까지 끊어지다니 말이야."

샬렌의 등불이 약해지자 에렌투 수도원 원장이자 아루두인 지파의 수장인 마일스는 몇몇 지파에 사람을 보내 이곳의 상황을 알리려 했다.

결계를 유지시키는 데 필요한 샬렌의 등불이 당장 꺼질 일은 없겠지만 미리 대비를 해야 할 것 같아서였다.

"그들이 사라진 지 백 년이나 지나서야 이 사실을 알게 되다니, 너무 교류가 없었나 보군."

씁쓸하게 중얼거린 마일스는 종이를 탁자에 내려놓았다.

갑질하는 영주님

자신의 대에 와서 샬렌의 등불이 약해지자 마일스는 결계를 수호하는 지파의 수장으로서 무한한 책임감을 느끼고 있었다.

"수고했네."

"아닙니다, 원장님."

엘러트는 차분한 목소리로 대답을 하며 마일스의 주름 가득한 얼굴을 바라봤다.

"헬레인은 왔습니까?"

엘러트가 묻자 마일스는 고개를 가로저었다.

"아직 오지 않았네. 곧 돌아오겠지."

헬레인은 세상 사람들이 샬렌교라 부르는 모룬 지파의 샬렌교 교주를 만나러 갔다.

"매럿 교주가 이 일에 얼마나 관심을 가질지 모르겠군."

모룬 지파의 샬렌교와 교류는 하고 있지 않았지만 지금의 교주가 누군지 정도는 마일스도 알고 있었다.

"피곤할 텐데, 그만 가서 쉬게."

마일스가 자리에서 일어나려 하자 엘러트가 말했다.

"시페로스에서 성화와 관련된 이상한 소문을 들었습니다."

"성화와 관련된 소문?"

마일스의 눈이 강하게 빛이 났다. 그는 다시 자리에 앉아 엘러트를 바라봤다.

"무슨 소문 말인가?"

"벨로린 왕국의 왕성에서 피에테란 사이비 교주가 악신의 진체를 소환해 큰 소란을 피웠는데, 벨로린 왕국의 한 영주가 나서서 악신의 진체를 소멸시켰다고 합니다. 한데 당시 그 영주가 사용한 힘이 어쩌면 성화일지도 모른다는 이야기가 있습니다."

엘러트의 말에 마일스는 크게 놀란 표정을 지었다.

"그 소문은 누구에게 들었는가?"

"시페로스의 한 상인에게서 우연히 들었습니다. 하지만 그 상인이 직접 본 것은 아니고, 자신도 벨로린에서 온 상인에게 들었다 하였습니다."

"흥미로운 얘기군. 성화를 가진 영주라……."

마일스의 눈빛이 깊어졌다

"원장님, 이상한 소문이긴 하지만 확인해 보는 것이 좋을 것 같습니다."

"물론이네, 확인은 해 봐야겠지. 하지만 자네 말대로 정말 이상하긴 해. 성화는 성소에서만 얻을 수 있는 샬렌님의 권능이 아닌가? 그리고 성소에 들어가기 위해선 초대 교주님이 남기신 빛나는 손가락 수정들이 필요하고."

"맞습니다."

자리에서 일어난 마일스는 방 안에 있는 서랍장을 열어 그 안에서 작은 상자를 하나 들고 돌아왔다.

상자를 열자 밝은 빛이 뿜어져 나왔다.

"우리 지파가 손가락 수정 중 하나를 가지고 있는데, 대체 그 영주란 자는 어디서 성화를 얻었단 말인가? 성소를 들어갈 수도 없었을 텐데."

성소는 고대 샬렌교의 성물인 이 손가락 수정의 도움 없이는 들어갈 수 없었다.

그래서 마일스는 벨로린에 성화가 나타났다는 소문을 믿지 않고 있었다.

엘러트 역시 저간의 사정을 다 알고 있었기 때문에 이상한 소문이라고 전제를 단 것이었고.

"아무튼 그래도 벨로린으로 가서 자세히 알아볼 필요는 있겠지."

마일스는 손가락 수정을 조심스럽게 상자에 다시 담아 자신의 서랍장 안에 보관했다.

"헬레인이 매럿 교주를 만나기 위해 떠난 지 꽤 오래됐으니 조만간 돌아올 걸세. 혹시 벨로린의 그 영주와 관련된 소식을 가지고 올 수도 있으니, 일단 헬레인이 돌아오기를 기다려 보세. 벨로린으로 우리가 사람을 보내는 건 그 후에 해도 늦지 않을 거야."

"알겠습니다, 원장님."

엘러트는 대답을 하며 자리에서 일어났다.

"한데, 그 영주의 이름이 무엇인가?"

엘러트는 잠시 생각을 하다가 답했다.

"알베른 가문의 이안 알베른이라 하였습니다."

"영주님, 어떻습니까? 아주 매콤하면서도 맛있지 않습니까?"

반언은 김이 모락모락 올라오는 식당의 돼지고기를 바라보며 말했다.

이안은 돼지고기를 우적우적 씹어 먹으며 엄지손가락을 치켜세웠다.

"최고야."

이안은 지구에서 먹던 고추장 불고기와 흡사한 맛에 감동을 받으며 정신없이 먹는 중이었다.

"천천히 드십시오, 영주님. 영주님이 매운 고기를 이렇게 좋아하시는 줄은 몰랐습니다."

반언은 이안이 음식을 아주 맛있게 먹자 불안했던 마음이 한순간에 싹 사라졌다.

'후우, 다행이군. 내가 좋아하는 음식을 영주님도 좋아하셔서.'

알베른을 출발한 지 며칠 만에 이르카 왕국에 도착한 그들은 반언이 추천하는 음식을 먹기 위해 일부러 이르카 왕성에 들렸다.

"헬레인, 자넨 어떤가?"

반언이 묻자 땀을 뻘뻘 흘리며 매운 고기를 빵과 함께 먹던 헬레인이 대답했다.

"맛은 있지만, 제 입맛엔 좀 매운 것 같습니다."

"험, 처음이라서 그럴 거야. 먹다 보면 중독된다고. 내가 이르카를 떠난 후 아무것도 아쉬운 게 없었는데 말이야, 이 집 음식만은 계속 머리에 맴돌았거든."

"그래서 내 핑계를 대고 여기 온 거야? 이게 먹고 싶어서?"

이안이 묻자 반언이 고기를 씹으며 웃었다.

"뭐, 그렇지요. 언제 또 제가 여기 와서 이 고기를 맛보겠습니까?"

"하긴 맛있긴 하네. 고기를 더 시켜야겠어. 넉넉히 말이야."

순식간에 이안이 접시를 비우자 반언이 식당 점원에게 외쳤다.

"이보게, 여기 10인분만 더 주게!"

"아, 알겠습니다."

식당 점원은 어딘지 긴장한 얼굴로 대답을 하며 서둘러 주방으로 향했다.

식당 안에서 점심을 먹던 몇몇 손님들도 반언을 힐끔거리고 있었다.

그들은 반언이 누군지 알아보는 눈치였다.

이안이 사람들의 시선을 느꼈는지 입가에 묻은 붉은 양념을 천으로 닦아 내며 조용히 말했다.

"그런데 원로, 정말 괜찮겠어? 이르카 왕을 질책하며 이 왕성을 떠났잖아."

"걱정 하지 마십시오. 그 대가로 전 수십 년간 왕실에서 받았던 재물과 땅들을 다 포기했으니까요. 이르카 왕도 자신이 한 짓이 있으니 절 탓할 수는 없을 것입니다."

"믿어도 되지?"

"그럼요! 음식만 먹고 바로 떠나면 별일 없을 겁니다. 설령, 이르카 왕이 제가 왕성에 왔다는 것을 알아도 뭘 어쩌겠습니까? 전 자유인인데 말입니다, 하하하!"

반언이 껄껄 웃자 이안은 피식 웃으며 식당 밖을 바라봤다.

병사들 몇이 안쪽을 기웃거리고 있었다.

'별다른 적의는 느껴지지 않는군.'

병사들이 단순히 지켜보는 느낌이었다.

이안은 식당 밖 병사들에 대한 관심을 끊고 추가 주문한 요리가 나오자 다시 먹는 데 집중했다.

'대체 이게 얼마 만에 맛보는 고추장 불고기 맛이야.'

지구에 있을 때도 이계인과 싸운 10년 동안은 제대로 된 음식을 맛보지 못했다.

그것을 감안하면 정말 오랜만에 느껴 보는 추억의 고추장 불고기 맛이었다.

"원로."

"예, 영주님."

반언이 고기를 먹으며 대꾸했다.

"영지로 돌아가서도 가끔 이 요리를 해 먹으면 좋겠지?"

"그렇긴 합니다만 이런 맛을 내는 게 쉽겠습니까?"

"식당 주인에게 이 요리의 레시피를 구해 보자고."

"레시피를요?"

반언은 고기를 먹다 말고 놀란 표정을 지었다.

그는 주방 쪽을 바라보며 이안에게 말했다.

"영주님, 장사 밑천인데 알려 주겠습니까?"

"당연히 그냥은 알려 주지 않겠지. 하지만 이만한 돈이면 제안을 해 볼 만하지 않을까?"

이안은 품속에서 몇 개의 보석을 꺼내 탁자에 올려놨다.

팔면 꽤 큰돈이었다.

"진심이시군요."

이안이 농담을 하는 줄 알았던 반언은 그제야 진지하게 받아들였다.

"식당을 내려는 게 아니고 개인적으로 사용할 거라고 정중히 부탁을 해 봐. 만약 돈이 부족하면 더 줄 수도 있다고 얘기하고. 물론, 돈이 전부는 아니겠지만 말이야."

이안은 추억의 고추장 불고기 맛을 확보하기 위해 아낌없이 돈을 쓸 준비가 되어 있었다.

"알겠습니다, 영주님. 제가 이 집 단골이어서 식당 주인과도 아는 사이입니다. 한번 가서 부탁을 해 보겠습니다."

"고마워."

이안이 준 보석을 들고 일어선 반언은 주방 쪽에 서 있는 앞머리가 벗겨진 식당 주인에게 다가갔다.

주방을 오가며 직접 요리도 하는지 식당 주인은 앞치마를 두르고 있었다.

반언이 다가오자 허리를 깊숙이 숙인 식당 주인은 반언과 대화를 주고받더니 함께 주방 안으로 들어갔다.

'레시피를 꼭 구했으면 좋겠는데.'

이안이 주방 쪽을 바라보는데, 헬레인이 말했다.

"영주님은 이 매운 맛이 정말 마음에 드시나 보군요. 레시피까지 구하시려는 것을 보면요."

입안이 얼얼해진 헬레인은 더는 매운 음식에 손을 대지 않고 있었다.

이안은 과묵한 헬레인이 매운 맛에 힘들어하는 것을 보며 속으로 웃었다.

"내 입맛에는 잘 맞는군. 한번 맛보고 잊기엔 아까워서 말이야."

"네에."

"매운 맛을 조금 줄이면 헬레인도 지금보다는 편안하게 매운 맛을 즐길 수 있을 거야. 덜 맵게 해 달라고 주문을 넣어 볼까?"

"아닙니다, 전 괜찮습니다. 이 정도면 충분히 매운 고기 맛을 즐긴 것 같습니다."

헬레인은 어색하게 웃으며 빵을 뜯어 먹었다.

얼마 후, 주방에서 나온 반언은 알 수 없는 표정으로 이안과 헬레인이 앉아 있는 탁자로 돌아왔다.

언뜻 보면 식당 주인이 레시피를 사겠다는 제안을 거절한 것처럼 보였다.

"안 된대?"

이안이 묻자 반언이 잠시 뜸을 들이다가 웃으며 말했다.

"식당 주인이 레시피를 알려 주기로 했습니다."

"뭐야, 거절한 줄 알았잖아."

이안은 미소를 지었다.

"식사를 끝내고 나갈 때 레시피를 주기로 했습니다."

"잘됐군. 수고했어, 원로."

"아닙니다. 영주님 덕분에 이제 알베른에서도 이 요리를 맛볼 수 있게 됐지 않습니까?"

반언도 이안만큼 좋아했다.

"그런데 영주님, 주방에서 주인이 하는 말이 맛의 핵심인 붉은 양념을 만들기 위해선 이르카 특산물인 몇 가지 향신료들이 필요하다고 했습니다. 알베른에서 구할 수 있을지 모르겠습니다."

"그럼 밥 먹고 왕성 시장에 가서 그 향신료들을 많이 사 가자고. 마법 주머니에 담아 영지로 가지고 가면 되니까."

"좋은 생각이십니다, 영주님, 하하하!"

호탕하게 웃은 반언은 자신이 자리를 비운 사이에 상당히 줄어든 매운 고기를 서둘러 먹기 시작했다.

그 모습을 담담히 바라보던 이안이 물었다.

"원로는 고향에 가고 싶지 않나?"

"고향요?"

반언이 고기를 먹다 말고 이안을 쳐다봤다.

"그래, 고향 말이야. 가 보고 싶으면 말해. 들렀다 가도 되니까."

"아닙니다, 영주님. 괜찮습니다."

반언이 사양하자 이안은 자신의 잔에 술을 따르며 차분히 말했다.

"이르카까지 왔는데, 안 들러도 되겠어?"

"뭐, 만날 사람이 있어야 고향을 가지요. 고향에 부모 형제도 없고, 남은 사람은 몇몇 친척들이 전부인데, 그들은 제 명성에 기대어 호가호위하다가 제가 왕과 틀어지자 바로 돌아선 자들입니다. 그들 낯짝을 보기 위해 고향까지 갈 이유는 없습니다. 그러니 신경 안 쓰셔도 됩니다."

"친척들이 그랬다니 유감이군."

"처음엔 화가 났는데, 그들을 남이라 생각하고 돌아서니 마음이 한결 편해지더군요. 이제 제 고향은 알베른이고, 제 가족과 친척은 영주님과 알베른 사람들입니다."

딱 부러지는 반언의 말에 이안은 빙그레 웃고는 천천히 술잔을 들었다.

알베른 사람들이 가족이라는 반언의 말이 기뻤지만 한편으론 그가 친척들에게 받은 마음의 상처가 깊다는 것을 알게 되어 애잔한 마음도 들었다.

"레시피를 잘 쓰겠습니다."

이안은 식당 주인에게 받은 레시피를 확인한 후, 정중히 예를 차리며 말했다.

"아이고, 별말씀을요. 제가 개발한 매운 양념을 좋아해 주셔서 감사합니다."

식당 주인은 반언이 이안을 상전처럼 대하는 것을 보고는 잔뜩 긴장한 모습으로 이안을 대했다.

"한 가지 말씀을 드리자면, 레시피대로 하셔도 오늘 가게에서 맛보신 붉은 양념 맛을 똑같이 내신다고 장담을 드릴 수는 없습니다. 제가 속이는 것이 아니라, 손맛이라는 것이 있어서 말입니다. 오해 없으시기를 바랍니다."

"무슨 말씀인지 이해합니다. 오해하지 않을 테니, 걱정 마세요."

이안이 미소를 지으며 레시피를 품 안에 넣었다.

"감사합니다. 그리고 반언 님, 이건 다시 돌려드리겠습니다."

주방 앞에서 대화를 나누던 식당 주인이 아까 반언에게 받은 보석들을 꺼내 이안 옆에 서 있던 반언에게 내밀었다.

반언은 깜짝 놀라며 받지 않으려 했다.

"자네, 왜 이러나?"

"반언 님, 저는 이 보석을 받을 수가 없습니다. 제 레시피는 편하게 사용하십시오. 반언 님이 제 요리를 잊지 않고 찾아와 주신 것만으로도 저는 만족합니다."

식당 주인은 이르카 3대 명장인 반언이 자신의 오랜 단골이라는 것에 예전부터 큰 자부심을 가지고 있었다.

왕성 허름한 거리에 있는 이 초라한 식당을 높은 신분의 사람들은 거들떠도 보지 않았지만, 반언만은 맛있다며 계속 찾아와 주었다.

그래서 반언이 관직을 버리고 왕성을 떠날 때 누구보다도 슬퍼하고 안타까워했다.

"아까 제게 그러시지 않았습니까? 제 요리를 맛보기 위해 일부러 여기까지 오셨다고요. 왕 때문에 왕성에 오기를 꺼려하셨을 텐데, 제 요리가 얼마나 드시고 싶으셨으면 그런 부담감을 무릅쓰고 여기까지 오셨겠습니까? 흐흐흑!"

급기야 식당 주인은 주방 앞에서 눈물을 쏟기까지 했다.

"자, 자네, 왜 이러나. 진정하게."

반언은 헛기침을 하며 난감한 표정으로 식당 내부를 둘러봤다. 다행히 몇 안 되던 식당 손님들은 식사를 마치고 모두 나간 뒤였다.

"레시피를 알려 드렸으니, 이제 제 가게는 오지 마십시오. 왕과 사이가 안 좋으신데, 저 때문에 피해를 입으실까 봐 두렵습니다."

식당 주인은 앞치마로 눈가를 훔치며 반언을 걱정했다.

이안은 진심이 가득 담긴 식당 주인의 말을 듣고 고개를 끄덕였다.

'레시피를 준 건 돈 때문이 아니었군. 반언 원로 때문이었어.'

반언은 울고 있는 식당 주인의 어깨를 토닥이며 묵직하게 말했다.

"그건 자네가 걱정할 것 없고. 아무튼 자네 마음은 잘 알겠네. 하지만 거래는 거래야. 그러니 그 보석은 받아 두게."

"아닙니다, 반언 님."

"어허! 정말 이럴 것인가? 공들여 개발한 양념인데, 이 정도 돈은 받아야지. 그래야 우리들도 마음 편히 자네 레시피를 사용할 수 있지 않겠나? 날 위한다면 받게."

반언의 말에 한동안 고민하던 식당 주인은 보석을 다시 주머니에 넣었다.

"그럼, 염치 불고하고 이 보석을 받겠습니다."

"이 사람아, 정당한 대가니 그런 생각도 말게. 그리고 나야 말로 자네에게 고마웠다네. 지랄맞은 왕 밑에서 내가 열받을 때마다 자네 식당에 와서 먹은 술 한잔과 매운 고기 맛이 내게 큰 위안을 주었으니 말이야."

"감사합니다, 반언 님."

식당 주인을 보며 흐뭇하게 미소를 짓던 반언이 작별 인사를 했다.

"건강하게 잘 살게. 오늘 잘 먹고 가네."

"반언 님도 건강하십시오."

식당 주인은 식당 밖까지 나와서 반언과 이안, 헬레인을 배웅했다.

"오늘 이 식당에 안 왔으면 두고두고 후회할 뻔했군. 이 레시피도 얻고, 원로를 존경하는 사람도 만나고 말이야."

왕성 거리를 걷던 이안이 놀리듯 말을 하자 반언이 헛기침을 하며 대꾸했다.

"참 쑥스럽습니다. 저 친구가 절 이렇게 위할 줄은 꿈에도 몰랐습니다. 무뚝뚝한 친구였거든요."

"때론 시간이 흘러야 그 사람의 진심을 알 때가 있는 법이지. 식당 주인 입장에선 오늘 원로에게 큰 용기를 내어서 말을 했을 거야."

이안의 말에 반언은 고개를 끄덕였다.

"영주님, 병사들이 뒤에서 계속 따라오고 있습니다."

헬레인이 뒤가 신경 쓰였는지 이안에게 말했다.

"놔둬. 시장에 가서 몇 가지 양념 재료만 산 뒤 바로 왕성을 떠날 거니까. 그리고 원로가 장담했잖아, 아무 일 없을 거라고. 안 그래?"

이안이 묻자 반언이 딴청을 부렸다.

"영주님, 이쪽으로 가시면 시장입니다."

이안은 웃으며 반언이 알려 주는 길로 걸어갔다.

이르카 왕성은 벨로린 왕성과 비견될 정도로 도시가 크고 웅장했다.

붐비는 인파 사이를 지나 왕성 시장에 도착한 이안은 레시피를 보며 필요한 양념 재료들을 넉넉히 구입했다.

'이 정도면 충분할 것 같군.'

마지막 재료를 구입한 이안과 일행이 향신료 가게를 막 나설 때였다.

이르카 왕실 기사단 표식이 그려진 갑옷과 망토를 두른 일단의 기사들이 말을 타고 향신료 거리에 나타났다.

잘 뻗은 준마를 탄 수십 명의 기사들은 반언 앞에 도착해서 예를 취했다.

"반언 경을 뵈옵니다!"

"험, 웬일들이냐?"

반언은 기사들을 잘 아는 눈치였다.

기사들을 이끌고 온 사각 턱의 중년인이 말에서 내려 공손히 말했다.

"전하께서 반언 경을 찾으십니다."

"나를?"

"예, 전하께서 기다리고 계십니다. 입궁을 하시지요."

반언은 미간을 찌푸렸다. 자신이 왕성에 온 사실이 왕에게도 전해진 모양이었다.

"난 급한 용무가 있어 왕성을 지금 떠나야 한다. 전하를 만날 시간이 없다."

"예?"

단호하게 거절하는 반언의 태도에 중년인이 난처해했다.

"이대로 떠나신다는 말씀이십니까?"

"그래, 가서 전하께 그리 전해라. 내가 어쩔 수 없이 입궁을 하지 못해 심히 안타까워했다고 말이다."

"전하께서 진노하실 것입니다."

"그놈의 진노는 지난 수십 년간 귀가 아프도록 들어왔다. 새삼스러울 것도 없으니 그대로 전하거라."

사각 턱의 중년인은 고개를 절레절레 흔들었다.

왕을 향해 이렇게 거침없이 말할 수 있는 사람은 아마 반언밖에 없을 것이다.

반언이 왕의 집무실에서 왕과 설전을 벌이고 관직과 재산을 모두 버린 채 왕성을 떠난 일화는 모르는 이가 없었다.

그만큼 반언은 강골이었다.

"어디로 가시는지 목적지라도 알려 주십시오. 후에 마차를 보내겠습니다."

"그럴 필요 없다. 나는 멀리 가니까. 그만 돌아가거라."

왕을 만나지 않겠다는 반언의 강한 의지를 느낀 사각 턱의 중년인은 어쩔 수 없다는 듯 말했다.

"알겠습니다, 반언 경. 들은 대로 전하께 말씀드리겠습니다. 그럼, 이만."

기사들이 말 머리를 돌려 반언의 눈앞에서 빠르게 멀어져 갔다.

위엄 있는 눈빛으로 기사들을 상대했던 반언은 이안에게 말했다.

"영주님, 그만 왕성을 떠나는 게 좋을 것 같습니다."

"그러자고. 더 있다간 귀찮아지겠어."

멀어지는 기사들의 뒷모습을 바라보며 말을 하던 이안은 반언과 헬레인의 팔을 붙잡았다.

그 순간, 거리에서 세 사람의 모습이 순식간에 사라졌다.

쏴아아아!

세찬 빗줄기가 어슨 마을 변두리에 있는 농장 위로 쏟아지고 있었다.

그 비를 뚫고 한 남자가 비틀거리며 나타났다.

모자를 눌러쓴 남자는 어슨 마을의 주민으로, 며칠 동안 잠을 제대로 못 잤는지 눈 밑이 퀭했다.

그는 거센 비를 맞으며 주위를 두리번거렸다.

날이 흐리고 빗줄기가 강해 대낮인데도 불구하고 농장 주변이 캄캄하게 느껴졌다.

"아무도 보는 사람이 없겠지?"

등 뒤로 감춘 그의 한 손엔 추수할 때 사용하는 낫이 한 자루 들려 있었다.

낫자루를 움켜쥔 남자는 농장 건물로 다가가 문을 거칠게 두드렸다.

"샘! 이봐, 샘!"

남자가 큰 소리로 이름을 부르며 문을 두드리자, 인상이 험악한 사내가 문을 벌컥 열었다.

"뭐야?"

"이보게 샘, 약이 필요해. 환각제 말이야."

샘은 농장 주변을 빠르게 훑어본 뒤, 얼굴을 내밀며 위협적으로 말했다.

"돈 가지고 왔어?"

"외상으로 주게. 다음 추수 때 꼭 갚겠네."

"외상은 안 된다고 했잖아. 약이 필요하면 가족을 팔아서라도 돈을 마련해 와."

샘이 문을 닫으려 하자, 남자가 한 손으로 문 끝을 붙잡았다.

"왜 이러나, 샘. 그동안 내가 자네 약을 많이 사 줬잖아?"

"이거 안 놔, 뒈지고 싶어?"

샘이 노려보자 남자가 제안을 했다.

"이건 어떤가? 자네 동료들이 며칠 전에 마을에서 죽었잖은가? 낯선 여자한테 말이야. 사람도 부족할 텐데, 내가 자네 밑에서 수족 노릇을 하겠네. 시키는 건 뭐든 할 테니, 약만 주게."

"너같이 비리비리한 놈을 데리고 뭘 하라고? 헛소리 말고 썩 꺼져."

"샘, 제발 부탁이네."

"문 놓으라고, 이 새끼야!"

샘이 문 옆 벽에 세워 둔 장검을 들자 남자가 급히 문을 놓고 뒤로 몇 걸음 물러났다.

"미, 미안하네."

"동료들이 죽어서 짜증 나 죽겠는데, 이 약쟁이 새끼가 어디서 수작질이야.”

남자를 노려보던 샘이 문을 쿵 하고 닫았다.

쏴아아아!

비를 맞으며 현관문을 사납게 노려보던 남자가 땅바닥에서 돌을 주워 농장 유리창에 그대로 던졌다.

챙그랑!

유리창이 단번에 깨졌고, 잠시 후 장검을 든 샘이 현관문을 열고 밖으로 뛰어나왔다.

“어떤 새끼야!”

샘이 집 밖으로 나오자마자 현관문 옆 벽에 바짝 달라붙어 숨어 있던 남자가 등을 보인 샘을 향해 미친 듯이 낫을 휘둘렀다.

푸욱! 서걱! 서걱!

“크아아악!”

샘은 비명을 지르며 앞으로 휘청거렸다. 하지만 곧 정신을 차리고는 낫을 들고 덤비는 남자의 가슴을 향해 검을 휘둘렀다.

서걱!

남자의 가슴이 길게 베이며 피가 솟구쳤다. 그러나 남자는 고통을 못 느끼는 사람처럼 자신의 가슴을 내어 주면서도 낫을 계속 휘둘렀다.

샘은 낫을 피하고 싶었지만 목덜미에 입은 부상이 치명적이었다. 벌써 눈앞이 흐릿해지며 현기증이 밀려왔다.

'빌어먹을!'

평소라면 마을 농부 정도는 손쉽게 처리할 수 있었지만 기습으로 중상을 입은 그의 몸이 뜻대로 움직여 주지 않았다.

퍽! 퍽!

가슴과 팔에 연이어 낫을 맞은 샘은 그만 장검을 떨어트리고 땅바닥에 쓰러졌다.

억울하고 분했지만 하찮게 여기던 농부에게 당하고 만 것이다.

진흙탕에 등을 대고 누워 숨을 헐떡이던 샘을 남자가 우울한 눈빛으로 내려다봤다.

"너 때문에 내 인생이 망가졌어. 네가 판 약 때문에 말이야."

"이 개자식아, 내 약을 먹고 좋아할 땐 언제고 이제 와 그딴 소리야? 네가 선택한 거잖아!"

샘은 전신에서 피를 흘리며 남자에게 소리쳤다. 그가 누워 있는 진흙탕 주변이 피로 붉게 물들어 갔다.

"아니, 너 같은 놈이 이 세상에 있어서 내가 피해를 본 거야. 너를 죽이면 내 악몽은 끝이 날 거야."

남자는 머리에 쓰고 있던 모자를 벗어 빗물이 고인 땅에 버렸다.

그의 눈빛은 분노와 원망, 고통스러움이 혼재해 있었다.

"누군지 모르겠지만, 그 여자가 고마워. 네놈 동료들이 죽는 바람에 나 혼자서 널 죽일 용기가 생겼으니까."

며칠 전 샘의 동료들을 죽인 여자를 칭찬한 남자는 낫으로 샘의 얼굴을 내리찍으려 했다.

"자, 잠깐만! 집 안에 약이 있다! 전부 다 줄 테니, 진정해!"

"필요 없어. 난 널 죽일 거야, 죽여 버릴 거라고!"

남자가 증오 섞인 목소리로 절규하듯 외치며 망설임 없이 낫을 휘둘렀다.

"안 돼!"

얼굴로 떨어지는 낫을 보며 샘은 비명을 내질렀다.

서걱!

뼈가 잘리는 소리와 함께 허공에 피가 튀었다.

그러나 그 피는 샘의 피가 아니었다. 낫을 휘두르던 남자의 목에서 나오는 피였다.

툭!

머리가 잘린 남자는 낫을 든 상태로 옆으로 쓰러졌다.

쿠웅!

"하아, 하아!"

거칠게 숨을 몰아쉬던 샘은 상체를 일으켜 세워 앞을 쳐다봤다.

피 묻은 검을 든 중년인이 10여 명의 사내들과 함께 빗속에 서 있었다.

"가, 가리엘 님이셨군요."

자신을 구한 사람이 누군지 알아본 샘은 반색을 하며 안도
했다.

"구해 주셔서 고맙습니다, 가리엘 님. 하마터면 큰일 날
뻔했습니다."

"내 동생은 어디 있지?"

가리엘은 검을 검집에 넣으며 차갑게 물었다.

"먼저 절 치료 좀 해 주십시오. 말할 힘도 없습니다."

샘이 다 죽어 가는 목소리로 말을 하자 가리엘이 다가와
그의 얼굴을 발로 걷어찼다.

"닥쳐, 이 자식아!"

"크윽!"

바닥을 구른 샘은 겁에 질려 가리엘을 올려다봤다.

"왜, 왜 이러십니까?"

"내 동생 어디 있냐고 물었다!"

뱀처럼 차가운 눈빛으로 노려보는 가리엘의 시선에 샘은
농장 뒤편을 다급히 가리켰다.

"차, 창고에 있는 관에 있습니다. 제가 부패하지 않도록
최대한 노력을 기울였습니다."

가리엘은 창고 뒤편으로 걸어가며 부하들에게 지시했다.

"이놈을 집 안으로 데리고 들어가."

"예, 두목."

가리엘은 창고로 들어가 관 뚜껑을 거칠게 열어젖혔다.

얼굴이 망가져 누구인지 알아볼 수 없는 시체 한 구가 덩그러니 놓여 있었다.

"테리만."

가리엘은 팔의 흉터를 확인하고는 이 시신이 동생이라는 것을 알아볼 수 있었다.

큰 도시에서 암흑가 조직을 이끌고 있는 가리엘은 며칠 전 동생이 죽었다는 연락을 받고 만사를 제쳐 두고 달려왔다.

"네가 죽다니…… 이 형을 놔두고 말이다!"

주먹으로 관을 내리친 가리엘은 동생의 죽음에 오열했다.

한동안 동생의 시신을 내려다보며 슬퍼하던 그는 밖으로 나와 농장 건물 안으로 들어갔다.

응급치료를 받고 숨을 돌리고 앉아 있는 샘이 보였다.

의자를 끌고 와 샘의 앞에 앉은 가리엘이 착 가라앉은 목소리로 물었다.

"내 동생을 죽인 놈이 누구냐?"

"외지에서 온 젊은 여자입니다."

샘은 현장을 목격한 마을 주민들 말을 종합해 아는 대로 말해 주었다.

"어디로 갔는지 아느냐?"

"멀리 갈 필요 없습니다. 지금 어슨 숲에 있습니다."

"어슨 숲?"

가리엘의 눈빛이 날카로워졌다.

"예, 마을에서 사고를 쳐 놓고 가까운 숲에서 며칠째 야영을 하고 있습니다. 젊은 남자 놈과 함께 말입니다. 무슨 배짱인지 모르겠습니다."

"그렇군. 참으로 다행이다, 동생의 복수를 길게 끌지 않아도 돼서 말이다."

차가운 미소를 지은 가리엘이 의자에서 일어섰다.

"놈들을 죽이러 간다."

"예, 두목!"

가리엘과 그의 부하들이 집 밖으로 나가려 하자 샘이 몸에서 느껴지는 고통을 참으며 말했다.

"가리엘 님, 제가 피를 너무 많이 흘렸습니다. 가는 길에 마을 치료사에게 절 좀 데려다주십시오. 제때 치료받지 못하면 전 죽은 목숨입니다."

"그래, 치료를 받아야겠지."

돌아선 가리엘이 검을 뽑아 샘의 목을 순식간에 베어 버렸다.

"커헉!"

목을 감싸고 바닥에 쓰러진 샘은 몸을 부르르 떨다가 그대로 숨이 끊어졌다.

"망할 자식이 감히 내 동생을 지키지도 못한 주제에 혼자

살려고 해?"

가리엘은 죽은 샘의 몸을 검으로 난도질했다.

시신의 형체를 알아보기 어려울 정도로 훼손시킨 가리엘은 얼굴에 묻은 피를 닦아 내며 비가 내리는 집 밖으로 걸어 나갔다.

그의 수하들이 농장 입구에 세워 두었던 말들을 끌고 와 대기 중이었다.

말에 올라탄 가리엘이 멀리 호수 방향을 바라보며 외쳤다.

"어슨 숲으로 간다!"

아무리 울창한 숲이라도 하늘에 구멍이라도 난 듯 쏟아져 내리는 비를 피하기에는 역부족이었다.

나뭇잎이 넓게 퍼진 우람한 나무 근처에서 비를 피하며 서 있던 데카르트는 나뭇잎 사이로 '후두둑' 소리를 내며 떨어지는 빗물이 보일 때마다 가슴이 철렁거렸다.

그 비를 그라일라가 고스란히 맞고 있었기 때문이다.

"그라일라 님, 이쪽에 서 계시면 빗물을 덜 맞을 수 있을 것 같습니다. 저와 자리를 바꾸시지요."

"……."

그라일라는 대꾸도 하지 않고 숲 한쪽만 응시하고 있었다.

그리고 그것은 지금 이 순간뿐만이 아니었다.

며칠 전, 이곳에서 야영을 시작할 때부터 그라일라는 가까운 숲 한쪽을 계속 바라만 보고 있었다.

데카르트가 보기에 다른 곳과 별 차이가 없는 똑같은 숲의 일부였지만, 그라일라는 마치 그곳이 특별한 장소인 것처럼 계속 바라만 보고 있었던 것이다.

그 이유가 궁금했지만 분위기가 너무 무거워 감히 물어볼 엄두가 나지 않았다.

"제가 천막을 태워 먹지만 않았더라도 그라일라 님이 비를 맞지 않으셨을 텐데, 정말 죄송합니다."

첫날 야영을 할 때 모닥불에 천막을 태워 먹은 데카르트는 머리를 긁적였다.

여전히 그라일라는 아무 말도 없었다.

"그라일라 님, 저쪽 숲에 동굴이 하나 있습니다. 비가 밤새도록 내릴 것 같은데, 오늘만 그쪽으로 잠자리를 옮기시는 게 어떠십니까?"

"조잘조잘, 넌 참새더냐?"

그라일라가 오랜만에 입을 떼며 고개를 돌려 데카르트를 쳐다봤다.

"이깟 비 좀 맞는다고 해서 큰일이라도 난다더냐. 호들갑 좀 떨지 마라."

"죄송합니다, 그라일라 님."

데카트는 머쓱해져 입을 다물었다.

쏴아아아!

빗줄기는 잦아들 기미가 없었고, 그들이 야영을 했던 장소는 빗물이 흘러내렸다.

우거진 숲을 말없이 응시하던 그라일라는 데카트가 자신의 옆에서 비를 계속 맞고 서 있자 작게 한숨을 내쉬었다.

"동굴로 가자."

"정말이십니까?"

데카트는 기뻐하며 음식을 해 먹던 솥단지와 그릇 등을 챙겼고, 그 모습을 뒤에서 물끄러미 바라보던 그라일라가 같이 거들었다.

"그, 그라일라 님, 저 혼자 해도 됩니다."

당황한 데카트가 눈을 동그랗게 뜨고 말했다.

"행동이 굼떠서 지켜보기가 답답해서 나서는 것이다."

"제가 그렇게 행동이 느립니까?"

"몰라서 하는 소리냐?"

그라일라가 데카트에게 그릇을 던지듯 건넸다.

두 사람은 짐을 챙겨 야영지와 제법 거리가 있는 동굴로 향했다.

그라일라는 데카트를 따라가며 말했다.

"동굴은 언제 발견했느냐?"

"며칠 됐습니다. 수련할 장소를 찾다가 동굴을 발견했습니다."

숲에서 조용히 시간을 보내는 그라일라를 방해할 수 없어서 데카트는 그녀와 멀찍이 떨어져서 수련을 해 왔다.

그라일라가 몸속에 불어 넣어 준 힘을 제대로 사용하기 위해서였다.

"그런데 그라일라 님, 이 숲에선 언제까지 지내실 생각이십니까?"

커다란 가방을 등에 메고 앞서가던 데카트가 조심스럽게 물었다.

"내 마음이 정리가 될 때까지다."

"그 마음이 어떤 마음입니까?"

찰싹!

그라일라는 앞서 걷던 데카트의 엉덩이를 걷어차며 말했다.

"네놈이 그걸 알아서 뭘 하겠다는 것이냐?"

냉기가 풀풀 풍기는 그라일라의 목소리에 데카트는 움찔했다.

"죄송합니다. 저도 모르게 질문이 나왔습니다. 용서해 주십시오."

"어서 걷기나 해라."

"예, 그라일라 님."

데카트는 풀 죽은 목소리로 대꾸하며 다시 길을 걸었다.

어깨가 축 처진 데카트를 바라보던 그라일라가 한동안 생각을 하더니 담담히 말했다.

"천 년 전 난 이 숲에서 한 남자와 불꽃같은 사랑을 나눴다."

"부, 불꽃같은 사랑요?"

"그래, 불꽃같은 사랑이었다. 서로가 서로에게 뜨거웠다."

그라일라의 적나라한 고백에 데카트의 얼굴이 붉어졌다. 목까지 붉어진 그의 귀로 그라일라의 목소리가 계속 들려왔다.

"그는 몰락한 귀족 가문의 자제였고, 난 한눈에 그에게 반했다. 이 숲에서 살던 그와 사랑을 나누며 한동안 함께 지냈었다. 거인족 섬으로 다시 돌아가야 할 때가 되자, 난 그에게 약속을 했다. 아버지에게 결혼 허락을 받고 반드시 다시 돌아오겠다고 말이다."

"그러셨군요."

"하지만 족장이었던 내 아버지는 결혼을 허락지 않으셨다. 오히려 날 가둬 두셨지. 난 포기할 수 없었다. 나를 기다리는 사람이 이곳에 있었으니까."

그라일라의 눈빛은 아련해져 있었다.

"그래서 날 감시하던 자들과 싸우며 섬을 탈출하려 했다. 나는 도망치기 위해 사력을 다했다. 그때 한 거인의 검이 내 심장을 관통했다. 그는 죽어 가는 나의 귀에다 대고 비웃으며 말했다. '네가 사랑한 그 인간을 죽이기 위해 족장이 장로를 보낸 지 오래다. 아마 지금쯤 그놈은 죽었을 것이다.'라고 말이야."

"아!"

앞서 걷던 데카트가 놀라며 걸음을 멈췄다.

뒤를 돌아보니 그라일라의 눈에 눈물이 맺혀 있었다.

"앞을 보거라."

"예."

데카트는 급히 앞을 쳐다봤다.

그라일라는 눈물을 서둘러 닦아 내며 감정을 조절했다.

"족장인 아버지는 죽어 가던 내가 안되어 보였는지 용의 심장을 내 몸속에 넣어 주었다. 그 뒤는 너도 기록에서 보았을 것이다. 내가 깨어나 어떤 행동을 했는지 말이다."

"전혀 몰랐습니다, 그라일라 님에게 그런 아픔이 있었을 줄은요."

데카트는 그제야 왜 그라일라가 거인족 섬을 벗어나자마자 이 숲으로 왔는지 이해가 됐다.

'천 년이 지나서야 이곳을 찾아오다니. 마음이 얼마나 아프고 고통스러우실까. 천 년 동안 갇혀 지내며 매일같이 힘드셨을 거야.'

그라일라에게 연민이 생긴 데카트는 훌쩍이며 콧물을 닦아 냈다.

"우는 것이냐?"

"아, 아닙니다. 이제 거의 다 왔습니다, 그라일라 님."

애써 웃으며 말을 하던 데카트의 표정이 굳어졌다.

그들 앞에 무기를 든 10여 명의 사내들이 나타났기 때문이었다.

"비가 내리는 숲을 걸으며 다정하게 대화를 나누는 연인이라, 참으로 보기 좋군."

수하들 뒤에 서 있던 가리엘이 앞으로 나서며 말했다.

그의 손에는 손바닥만 한 크기의 두께가 얇은 은색 술통이 들려 있었다.

"누, 누가 연인이라는 거야!"

당황한 데카트는 뒤에 서 있는 그라일라를 의식해 큰 소리로 항의했다.

"연인도 아닌 것들이 그럼 단둘이서 이 숲에서 뭘 하고 있었던 것이냐?"

빈 술통을 바닥에 거칠게 내던진 가리엘이 번들거리는 눈빛으로 데카트와 그라일라를 노려봤다.

"그건 당신들이 알 필요 없어. 왜 우리 앞길을 막는지만 말해!"

데카트는 상대를 경계하며 날카로운 어조로 말했다.

처음 보는 사람들이 검을 빼 들고 길을 막았다. 저들의 의

도가 좋지 않다는 것을 쉽게 미루어 짐작할 수 있었다.

더군다나 이곳은 인적 드문 숲이었다.

우연한 만남일 리가 없었다.

"왜 길을 막냐고? 좋은 질문이 아니군. 질문을 하려면 정확히 했어야지. 내가 왜 네 뒤의 여자를 갈가리 찢어 죽이려 하는지 물었어야지."

"뭐라고?"

그라일라를 죽이기 위해 왔다는 말에 데카트의 눈빛이 차가워졌다.

"감히 내 동생을 죽이고도 무사할 줄 알았느냐?"

"당신 동생이라니?"

"다 알고 왔다. 어슨 마을에서 너희들이 내 동생과 그 동료들을 죽인 것을 말이다. 이제 너희들의 피로 내 동생의 영혼을 위로해야겠다."

"그자들이 먼저 잘못을 했다!"

데카트가 소리쳤지만 가리엘은 상관없다는 듯 어깨를 으쓱했다.

"그런 건 아무 상관 없다. 너희들이 죽인 게 바로 나! 가리엘의 동생이라는 것이 중요할 뿐이다."

"혓바닥이 길구나. 왔으면 그냥 덤비거라. 너도 죽여 줄 테니까."

뒤에서 지켜보던 그라일라가 귀찮다는 듯 무심히 말했고,

가리엘의 표정이 일그러졌다.

"네년은 쉽게 죽을 생각을 마라. 남자 놈은 죽이고, 여자는 생포해라."

"예, 두목!"

가리엘의 수하들이 앞으로 걸어 나왔다.

그들은 하나같이 덩치가 크고 암흑가에서 잔뼈가 굵은 거친 자들이었다.

몸에 칼 맞은 자국이 숱한 그들은 싸움에 들어서면 상대가 죽을 때까지 물러서지 않는 독종들이기도 했다.

쏴아아아!

온몸이 비에 젖은 가리엘의 수하들은 데카트와 그라일라를 향해 검을 들고 조금씩 다가왔다.

"그라일라 님, 제가 저들을 처리하겠습니다. 맡겨 주십시오."

데카트는 등에 메고 있던 커다란 가방을 빠르게 풀어 한쪽에 내려놓으며 말했다.

천 년 전의 가슴 아픈 추억을 마음속으로 정리하고 있는 그라일라의 손을 저들의 피로 더럽히고 싶지 않았다.

"힘이 생기니 용감한 척하는구나, 느림보 녀석."

그라일라의 지적에 데카트는 얼굴을 붉히며 앞을 쳐다봤다.

적들이 몇 미터 앞까지 다가와 있었다.

"멈춰! 너희들은 내가 상대하겠다!"

데카트가 맨손으로 앞을 가로막자 가리엘의 수하들이 잔혹한 미소를 지었다.

"애송아, 불알을 뜯어서 목구멍에 처넣어 주마!"

선두에 있던 사내가 걸쭉한 욕설을 내뱉으며 데카트를 검으로 내리쳤다.

실전으로 다져진 암흑가 사내의 검은 날카롭기 그지없었다.

그러나 데카트는 상대의 검을 너무도 쉽게 회피한 후 주먹으로 그의 복부를 가격했다.

콰앙!

벼락치는 소리와 함께 뒤로 빠르게 날아간 암흑가 사내는 나무를 서너 그루나 부러트린 뒤 땅에 처박혔다.

철퍼덕!

전신이 피로 물든 사내는 미동도 없었다. 단 한 수에 목숨이 끊어진 것이다.

데카트의 순한 인상만 보고 그를 우습게 여겼던 사람들의 얼굴이 굳어졌다.

"이런 빌어먹을 자식! 뒈져라!"

동료의 죽음에 화가 난 가리엘의 수하들이 일제히 우르르 몰려들자 데카트는 차가운 표정으로 한쪽 발을 들었다가 가볍게 땅을 내리찍었다.

쿠웅! 파파파파팟!

데카르트의 발에서 푸른 기파가 생성되더니 반원형으로 퍼져 나갔다.

푸른 기파는 땅을 타고 넓게 퍼지더니 달려들던 사내들의 몸을 허공 높이 띄워 올렸다. 땅에 고인 빗물들도 같이 빨려 올라갔다.

"어어!"

항거할 수 없는 강한 힘에 떠밀려 허공으로 일시에 튕겨져 올라간 사내들을 향해 데카르트가 몸을 날렸다.

쉬이이익!

빛살처럼 빠른 데카르트가 허공에서 중심을 못 잡고 허우적대는 가리엘의 수하들 사이를 바람처럼 누비곤 원래 있던 자리로 돌아왔다.

데카르트의 움직임이 얼마나 빨랐던지 그가 원래 있던 곳으로 돌아온 후에야, 가리엘의 수하들이 땅에 추락했다.

쿠웅! 쿵! 쿵!

시신이 되어 떨어진 그들의 이마엔 모두 커다란 구멍이 하나씩 만들어져 있었다.

데카르트의 검지에 머리가 뚫려 목숨을 잃은 것이다.

'모두 죽었어.'

손톱에 끼인 저들의 살점을 내려다보던 데카르트는 순간 구역질이 올라왔다.

"우엑!"

데카트는 그만 참지 못하고 바닥에 구역질을 하기 시작했다.

뒤에서 지켜보던 그라일라가 한심하다는 듯 혀를 찼다.

"고작 그것을 견디지 못해 토를 하다니, 심약한 녀석."

그라일라는 허리를 굽혀 계속 구역질을 하는 데카트를 지나쳐 앞으로 걸어갔다.

"네놈은 내가 상대해 주겠다."

그라일라가 손짓을 하자 그녀 앞에 쓰러져 있던 10여 구의 시체들이 그녀의 손짓에 따라 좌우로 날아갔다.

그녀와 가리엘 사이엔 더 이상 장애물이 없었다.

수하들이 순식간에 몰살되자 잔뜩 굳은 표정으로 서 있던 가리엘이 수중의 검을 뽑아 들었다.

"역시 믿을 건 내 실력밖에 없군. 머저리 같은 놈들."

수하들을 탓하던 가리엘이 검에 포스를 일으켰다.

이 지역 암흑가를 주름잡고 있는 그는 장차 글레이너 왕국의 수도로 진출해 그곳의 암흑가를 장악할 야망에 찬 사내였다.

왕국의 암흑가 두목들 중에서도 가리엘은 손에 꼽히는 강자였다.

그런 만큼 그는 데카트가 보여 준 놀라운 능력에도 두려워하지 않고 맞서 싸울 각오를 다지고 있었다.

"오너라! 오늘 이 숲에선 오직 한 사람만이 살아서 나갈 수…… 커헉!"

포스검을 만들어 전의를 불태우던 가리엘의 눈이 일순 커졌다. 어느 틈에 다가왔는지, 그라일라가 가리엘의 얼굴을 손바닥으로 덥석 붙잡은 것이다.

"네놈이 감히 나를 죽이겠다고? 이곳을 오기 위해 천 년을 버틴 나를!"

숲에서 즐기던 평화를 깨트린 자에 대한 분노가 솟구친 그라일라가 손아귀에 힘을 주었다.

"크으윽!"

얼굴이 부서질 것 같은 고통을 참으며 가리엘은 포스검을 휘두르려 했다.

그러나 전신의 힘이 풀려서 몸이 말을 듣지 않았다.

"동생이 기다리는 곳으로 가거라. 지옥에 있을 것이니."

싸늘히 말을 한 그라일라가 손에 힘을 주었다.

퍼석!

가리엘의 얼굴이 폭발하듯 박살이 나 버렸다.

"흥!"

냉소를 흘리며 주저앉듯 허물어지는 가리엘의 시신을 바라보던 그라일라는 뒤돌아서서 데카트에게 걸어갔다.

데카트는 구역질을 멈추고 시신이 된 가리엘을 쳐다보고 있었다.

"죄송합니다, 그라일라 님 손에 피를 묻히시게 해서요."

"가방을 메라."

"예."

데카트는 서둘러 가방을 메고는 동굴 방향으로 걸어가려 했다.

"동굴에 갈 필요 없다. 이곳을 떠날 것이다."

"벌써 숲을 떠나신다고요?"

깜짝 놀란 데카트가 그라일라를 쳐다봤다.

그라일라는 숲에 풀어놨던 말이 있는 곳으로 향하며 담담 히 말했다.

"그럼 내가 언제까지 이곳에 있을 줄 알았느냐?"

"그, 그게 아니라 천 년 전에 겪으신 그 아픈 마음을 정리 할 시간이 필요하시다고 조금 전에 말씀하셨잖습니까? 최소 몇 달은 걸리지 않을까 생각했었습니다."

"언젠간 정리가 되겠지. 하지만 지금은 그때가 아니라는 것을 조금 전 네게 과거 일을 말해 주며 불현듯 깨달았다."

그라일라는 걸음을 멈추고 데카트를 쳐다봤다.

"나의 몸이 정상일 때, 이 숲에 다시 오면 나는 마음의 평 화를 얻을 수 있을 것 같다."

"그 말씀은……."

"그래, 용의 심장을 온전히 내 것으로 만들 것이다. 지금 의 나는 용의 심장 때문에 몸도 마음도 매우 불안한 상태다."

"방법이 있으십니까? 천 년 동안 하시지 못한 일인데요."

데카르트가 걱정을 담아 묻자 그라일라는 비가 내리는 숲을 한동안 응시하다 답했다.

"지난 천 년간은 거인족 섬에 갇혀 있었지만, 지금은 아니지 않느냐? 세상에 나왔으니 방도를 찾아봐야겠지."

"네에……."

두 사람은 다시 말을 찾아서 걸음을 옮겼다.

얼마 후, 그들의 시야에 며칠 전 숲에 풀어놨던 말 두 마리가 빗속에서 이리저리 뛰어놀고 있는 게 보였다.

마치 야생마처럼 숲을 자유롭게 뛰어다니는 말들을 멍하니 바라보던 데카르트는 그라일라에게 말했다.

"저어, 그라일라 님, 말들이 자유로움에 익숙해졌는데, 다시 잡으면 힘들어하지 않을까요?"

"쓸데없는 동정심을 가지고 있구나. 말은 너의 것이다. 걸어 다닐 게 아니라면 말을 타라."

냉정한 그라일라의 질책에 정신을 차린 데카르트는 빗속에 뛰어놀고 있는 말들에게 접근했다.

다행히 말들은 별 저항 없이 데카르트의 손길에 이끌려 그라일라 앞까지 왔다.

그들은 말을 한 필씩 이끌고 숲 외곽까지 걸어 나왔다.

비는 여전히 내렸고, 세상은 온통 어두웠다.

"이제 어디로 가실 생각이십니까?"

데카트가 묻자 그라일라는 이미 생각해 두었는지 망설임 없이 글레이너 남부 국경 방향으로 말을 몰아갔다.

'이번엔 어딜 가시려는 걸까?'

그라일라가 구체적인 목적지를 말해 주지 않아 데카트는 약간 답답했지만 크게 개의치 않았다.

어디로 가든, 그라일라와 함께 있다는 것만으로도 데카트는 만족했다.

에렌투 수도원

"저 술집은 아직 그대로군. 술안주로 나오는 음식이 형편 없었는데."

에렌투산맥과 가까운 곳에 위치한 한 마을 거리를 걷던 반 언이 허름한 술집을 바라보며 반가운 표정으로 말했다.

안주가 맛이 없어 술값만 주고 나오려 했다가 주인에게 멱 살이 붙잡혀 곤욕을 치르기도 했었다.

'그 노인네는 지금쯤 죽었겠지.'

오래전 일을 떠올리며 입가에 미소를 짓던 반언에게 이안 이 물었다.

"몇 년 만에 이곳에 온 거지?"

헬레인과 함께 옆에서 걷고 있던 이안이 묻자 반언이 답했다.

"한 40년은 된 것 같습니다."

"40년?"

"네, 그때 현상금 붙은 녀석들을 쫓아서 한동안 이 일대를 조사하고 다녔지요."

"그렇군. 정말 오래전 일이네."

이안은 고개를 끄덕였다.

"에렌투산맥으로 도망친 놈들을 끝까지 추적해 잡느라 이만저만 고생한 게 아니었습니다."

"그럴 만도 해."

이안은 마을에서 멀리 보이는 에렌투산맥을 응시했다.

알베른에 있는 욘디아르산맥처럼 높고 거대한 수많은 산들이 끝없이 이어져 있었다.

에렌투 수도원은 저 산들 중 어딘가에 자리 잡고 있었다.

"그놈들을 쫓을 당시 저 산속에서 여러 몬스터들과 싸우기도 했습니다. 덕분에 부수입도 짭짤했지요."

"부수입?"

"몬스터 부산물 말입니다. 라프지아는 몬스터 왕국으로 불릴 만큼 다른 왕국에 비해 몬스터들이 많이 서식하고 있지 않습니까? 그렇다 보니 다른 왕국에 없는 특별한 몬스터들이 이곳에는 서식하고 있습니다."

극히 일부지만 몇몇 몬스터들의 부산물들은 약재로 라프

지아에서 사용되고 있었다.

그 양이 많지 않아 고가에 거래되고 있는 실정이었는데, 반언이 말한 부산물은 그런 종류의 몬스터에게 얻은 것들이었다.

"그렇군."

이안은 옆을 지나가는 마차에 시선을 두었다.

짐마차 뒤쪽 칸은 호송용 마차처럼 쇠창살이 박혀 있는 칸이었는데, 그곳에 황소 얼굴을 한 몬스터가 길게 뻗어 있었다.

"저건 살아 있는 것 같은데?"

이안이 묻자 반언이 마차를 보며 말했다.

"맞습니다, 영주님. 저 포획된 몬스터는 아마 도박장에서 사용될 겁니다."

"도박장에서?"

"예, 라프지아엔 몬스터 투기장이 있거든요."

"별개 다 있군."

이안은 어이없다는 듯 말을 하며 고개를 절레절레 흔들었다.

"영주님, 이쪽에서 점심 식사를 하시고 수도원으로 들어가시지요."

헬레인이 한 식당을 가리키자 이안은 미소를 지으며 말했다.

"수도원에서 점심을 먹어도 되는데, 왜 굳이 이곳에서 점심을 먹자고 한 거지?"

"수도원의 점심은 약소합니다. 영주님께서 드시기 다소 부족하실 수도 있습니다."

헬레인은 이안을 위해 말했다.

"음식 양이 부족하다는 건가?"

"그건 아닙니다."

"그럼 됐어. 난 삶은 감자라도 배불리 먹으면 만족하는 사람이라고. 수도원에서 내가 먹을 음식을 걱정하지 않아도 돼."

"알겠습니다, 영주님, 그럼 바로 가시지요."

헬레인이 공손히 말을 했고, 이안은 반언과 시선이 마주쳤다.

"험, 하지만 식당 앞까지 왔는데 이대로 가는 것도 좀 그렇군. 마을에서 점심을 먹고 수도원으로 들어가자고."

이안의 말에 헬레인이 살짝 미소를 지었다.

"예, 영주님. 그리하시지요."

공동체 생활을 하는 에렌투 수도원 사람들은 식사 시간을 알리는 종이 울리면 수도원 내에 있는 식당으로 모인다.

수도원 복도를 청소하던 조르엔도 긴 줄을 이루는 흰색 수도복을 입은 사람들 틈에 끼어서 배식을 기다리고 있었다.

'수도사님은 안 보이시네.'

엘러트 수도사를 찾아 주변을 둘러보던 조르엔은 자신의 차례가 되자 서둘러 탁자 위에 놓여 있는 식판을 들었다.

나무로 된 식판은 얼마나 오래 사용했는지 식판을 붙잡는 부위가 손때가 타서 변색이 되어 있었다.

'이곳은 모든 게 다 오래됐어.'

수도원의 역사가 수천 년이나 되었다고 하니 무리도 아니었다.

'왜 이런 깊은 산속에 수도원을 지었을까? 밤마다 몬스터들이 수도원 근처까지 내려와 신경 써서 지키지 않으면 농작물이 피해를 받는 곳에서. 이런 곳에서 샬렌님을 섬겨야 신앙심이 더 깊어지는 걸까?'

수도원에 도착한 지 며칠이 안 된 조르엔은 모든 것이 다 궁금하고 신기했다.

"감사합니다!"

점심으로 먹을 음식을 배식받은 조르엔은 배식을 담당하는 수도사에게 활기차게 인사를 건넸다.

하지만 그 수도사는 근엄한 표정으로 입을 꾹 다문 채 다음 사람에게 배식을 할 뿐이었다.

'언젠간 인사를 받아 주시겠지.'

조르엔은 서운해하지 않았다.

수도원 사람들은 대부분 저 배식을 담당하는 수도사처럼 각자 할 일만 하며 조용히 지냈기 때문이었다.

그래서인지 수십 명의 수도사들이 식사를 하고 있었지만 식당 안은 아무도 없는 것처럼 느껴졌다.

길쭉한 탁자들 중에 빈자리를 찾아 앉은 조르엔은 식판을 내려다봤다.

점심은 주먹만 한 감자 두 개와 따뜻한 옥수수 수프가 전부였다. 딱딱한 빵이라도 하나 먹었으면 좋았겠지만, 빵은 매일 나오지는 않는다.

'그래도 이게 어디야. 전엔 식당 밖에 버려진 음식 찌꺼기로 배를 채웠는데.'

굶주림이 무엇인지 뼛속 깊이 새길 만큼 생생하게 체험했던 조르엔은 소박한 음식도 감사하게 여기며 맛있게 먹기 시작했다.

눈 깜짝할 사이에 식판을 비운 조르엔은 식당 한편에 놓여 있는 통 안에 식판을 넣고 다시 복도를 청소하러 뛰어갔다.

'열심히 해야 돼. 그래야 정식으로 흰색 수도복을 받지.'

수도원의 사람들 중에 수도복을 안 입은 사람은 조르엔밖에 없었다.

조르엔의 거취가 아직 결정되지 않아서였다.

엘러트 수도사는 걱정 말라고 했지만 사실 조르엔은 약간 불안했다.

'쫓겨나도 원망하지 않아. 엘러트 수도사님은 최선을 다해 주셨으니까.'

조르엔은 씩씩하게 생각하며 수도원 기도실로 이어지는 복도 바닥을 청소했다.

물 양동이를 들고 다니며 두 무릎을 꿇고 걸레질을 하는 조르엔 앞에 엘러트 수도사가 나타났다.

"수도사님."

조르엔이 반가워하며 복도에서 벌떡 일어섰다.

"힘들지 않느냐?"

"전혀요. 다른 수도사님들도 다 맡은 일들이 있으시잖아요. 전 청소라도 해야죠."

이마에 구슬땀을 흘리며 해맑게 웃고 있는 조르엔을 물끄러미 바라보던 엘러트는 고개를 끄덕였다.

"좋은 자세다. 더럽고 힘든 일이라고 해서 아무도 하지 않으려 한다면 이 세상이 어떻게 되겠느냐?"

"맞아요, 수도사님. 그런데 어디 가세요?"

흰색 수도복 대신 갑옷을 입은 엘러트는 허리에 검을 차고 등에는 원형 방패까지 착용한, 중무장한 상태였다.

마치 전쟁터로 가는 장수의 모습 같았다.

"조사할 게 있단다."

"어디를요?"

"그건 나중에 말해 주겠다. 오래 걸릴 수도 있으니 혹 내가 없더라도 너무 걱정 마라. 다른 수도사님들이 널 잘 돌봐줄 테니까. 다들 엄격해 보여도 속은 따뜻한 분들이란다."

조르엔은 엘러트의 말에 문득 불안감이 솟구쳤다.

"왜 그런 말씀을 하세요. 작별 인사하는 것 같잖아요."

"그랬느냐?"

엘러트는 옅은 미소를 지으며 조르엔의 어깨를 토닥여 줬다.

"걱정 마라. 곧 돌아올 테니까."

"수도사님."

조르엔이 자신도 모르게 엘러트의 손을 붙잡아 힘껏 잡아당겼다.

"위험한 곳이면 가지 마세요."

"위험해도 누군가는 그 일을 해야만 하는 경우도 있다. 방금 전에 너도 인정하지 않았느냐?"

엘러트는 부드럽게 말하며 조르엔의 손을 떼어 놓았다.

"동료 수도사들이 기다리고 있단다. 다녀오마."

복도에서 멀어지는 엘러트를 멍하니 바라보던 조르엔은 창문 밖을 내다봤다.

중무장한 다섯 명의 수도사들이 우물 옆에 서 있었다.

그들은 엘러트가 내려오자 함께 수도원 북쪽으로 향했다.

'이상해. 수도원의 문은 남쪽인데 왜 반대 방향으로 가시

는 걸까?'

조르엔은 손에 든 걸레를 내려놓고 건물 밖으로 뛰어나와 엘러트와 수도사들이 걸어간 방향으로 달려갔다.

수도원 내부의 넓은 공터를 지나친 엘러트와 그 일행이 또 다른 수도사들이 경비를 서는 회색 단층 건물로 들어가고 있었다.

조르엔은 그들이 건물 밖으로 나오길 밖에서 한참을 기다렸지만 그들은 나오지 않았고, 그녀는 손톱을 물어뜯기 시작했다.

'저 건물은 뭐지?'

수도원엔 조르엔이 들어가 보지 못한 곳도 있었는데, 그중 하나가 바로 저곳이었다.

며칠 전, 아무것도 모르고 수도원을 돌아다니다가 저곳을 지키는 수도사들에게 크게 혼이 났다.

허락 없이 건물 가까이 와서는 안 된다고 말이다.

벽 모퉁이에 숨어 회색 단층 건물을 바라보던 조르엔은 수도사들이 근처를 지나가자 딴청을 부리다가 그들이 사라지자 다시 멀리 회색 단층 건물을 주시했다.

'저분은.'

조르엔의 눈이 반짝거렸다.

회색 단층 건물 안에서 수도원장 마일스가 나이 지긋한 노수도사들 몇과 함께 대화를 나누며 걸어 나오고 있었던 것이다.

"여기서 뭐 하고 있는 거냐?"

뒤에서 들리는 목소리에 조르엔은 깜짝 놀라 뒤를 돌아봤다.

조르엔에게 복도 청소를 시켰던 덩치 큰 수도사가 눈을 부라리며 서 있었다.

"이 녀석, 청소하는 곳에 없어서 둘러봤더니 이런 곳에서 농땡이를 피우고 있었구나."

"죄, 죄송합니다."

"샬렌님을 섬기기 위해선 성실해야 한다. 어서 가서 일을 마무리해라."

"예, 수도사님."

고개를 꾸벅 숙인 조르엔은 앞으로 달려가다가 뒤를 힐끔 쳐다봤다.

마일스 원장이 우연인지 몰라도 이쪽 방향을 쳐다보고 있었다.

원장과 시선이 마주친 조르엔은 가슴이 심하게 두근거렸다.

그녀는 서둘러 고개를 돌렸다. 이곳에서 뭐 하고 있었냐고 당장이라도 추궁을 당할 것만 같았다.

'엘리트 수도사님은 별일 없을 거야. 약속했으니까.'

어린 나이에 부모를 여읜 경험이 있는 조르엔은 불안한 마음을 잠재우려는 듯 더 빨리 달려갔다.

그러다 수도원 건물 사이로 걸어오고 있는 사람을 피하지 못하고 그대로 부딪치고 말았다.

"아야!"

땅에 엉덩방아를 찧은 조르엔은 바닥에 주저앉은 상태로 상대를 확인했다.

후드를 입은 젊은 남자와 갈색 망토를 두른 중년의 여자, 그리고 거구의 노인이 그녀를 바라보고 있었다.

"괜찮니?"

이안은 엉덩방아를 찧은 조르엔에게 손을 내밀며 물었다.

조르엔은 이안의 손을 붙잡고 자리에서 일어났다.

엉덩이가 욱신거렸지만 잘못은 자신에게 있었다.

"죄송합니다. 앞을 살피지 못한 제 잘못입니다. 정말 죄송합니다."

어린 조르엔이 여러 번 사과를 하자 이안은 빙그레 웃었다.

"별일도 아닌데 그렇게 사과할 필요 없다."

조르엔은 따뜻함이 묻어나는 이안의 말에 마음이 다소 진정됐다. 그러자 눈앞에 사람들을 제대로 볼 수 있는 여유가 생겼다.

'이분들은 누구지? 못 보던 사람들인데?'

수도원 복장을 하지 않은 이안을 뚫어지게 응시하던 조르엔은 반언이 헛기침을 크게 하자 옆으로 서둘러 비켜섰다.

건물 사이의 좁은 길을 자신이 가로막고 서 있었던 것이다.

"죄송해요, 지나가셔도 됩니다."

뻘쭘해진 조르엔이 벽에 착 달라붙어서 말했다. 이안은 조르엔의 얼굴을 바라보다가 시선을 밑으로 내렸다.

앞쪽으로 모은 조르엔의 손끝에서 피가 방울져 떨어지고 있었다.

'손톱을 얼마나 심하게 물어뜯었으면 손톱 밑의 살점까지 떨어진 걸까.'

방금 전, 조르엔의 손을 붙잡아 일으켜 세워 줄 때 이안은 그 상처를 놓치지 않았다.

"헬레인, 아는 사람인가?"

이안이 나직하게 묻자 헬레인이 고개를 가로저었다.

"수도원엔 이런 소녀가 없었습니다."

대답을 한 헬레인이 조르엔에게 물었다.

"나는 이 수도원 사람이다. 넌 못 보던 아이인데, 누구냐?"

"저는 조르엔이라고 합니다. 며칠 전에 수도원에 왔습니다."

"누가 데리고 왔지?"

조르엔은 헬레인의 얼굴을 잠시 바라보다가 공손히 답했

다.

"엘러트 수도사님이십니다."

"엘러트 수도사가?"

"그렇습니다."

"그의 성격상 널 함부로 방치하지는 않았을 텐데, 왜 손이 그 모양이냐?"

헬레인이 조르엔의 손을 가리키며 말했다.

"이건…… 그분 잘못이 아닙니다."

조르엔이 손을 움츠리며 등 뒤로 상처가 난 손을 감췄다.

"오랜 습관이라서 바로 안 고쳐지고 있습니다. 앞으로 주의하겠습니다."

"널 탓하는 것이 아니다. 신경이 쓰여서 묻는 것이다. 어서 가서 치료를 받아라. 그냥 두면 상처가 크게 덧난다."

말투는 엄격했지만 그 속에 흐르는 것은 조르엔을 걱정하는 마음이었다.

조르엔이라고 그것을 모르진 않았다.

"그렇게 하겠습니다. 그런데 누구신지 이름을 여쭤도 되겠습니까?"

"나는 헬레인이다."

"헬레인 수도사님이셨군요. 앞으로 잘 부탁드립니다!"

꾸벅 인사를 한 조르엔은 그 옆에 서 있는 이안과 반언도 쳐다봤다.

"이분들은 수도원분들이 아니다. 손님으로 오셨다."

"네, 그럼 가 보겠습니다."

조르엔은 이안이 누군지 궁금했지만 더 이상의 관심은 실례라는 것을 잘 알고 있었다.

조르엔이 자리를 떠나려 하자 이안이 담담히 말했다.

"잠깐만, 기다려라."

이안은 조르엔에게 외상약 한 통을 꺼내 내밀었다.

"습관은 단번에 고쳐지기 힘드니, 상처가 심하게 날 때마다 이 약을 바르도록 해라. 도움이 될 거다."

"아, 아닙니다."

"괜찮으니까, 받아. 수도원의 치료사들도 훌륭하겠지만, 급할 때 만나지 못할 수도 있으니까 말이다."

"영주님이 주시는 걸 어서 받아라. 뛰어난 외상약이니까."

헬레인의 말에 조르엔은 놀란 눈빛으로 이안을 쳐다봤다.

"여, 영주님이셨습니까?"

"그래, 아주 잘나가는 영주다."

"잘나가는 영주님요?"

이안은 왠지 위축되어 보이는 조르엔에게 농담처럼 말을 했고, 그 말이 효과가 있었는지 조르엔의 얼굴에 미소가 그려졌다.

"감사히 잘 쓰겠습니다, 영주님!"

기운을 차린 조르엔이 힘차게 말을 하며 약통을 두 손으로 받았다.

"그래, 또 보자."

헬레인과 반언에게 다시 한번 인사를 한 조르엔은 약통을 들고 뛰어갔다.

멀어지는 조르엔의 뒷모습을 바라보던 이안이 헬레인에게 말했다.

"뭔가 큰 걱정거리가 있어 보이는군."

"제가 보기에도 그랬습니다. 나중에 따로 한번 만나 보겠습니다."

헬레인은 조르엔을 보는 순간, 수십 년 전 자신의 모습이 떠올라 순간 마음이 찡했다.

그것을 내색치 않으려고 헬레인은 노력을 해야만 했다.

"가시죠, 영주님."

헬레인은 수도원 안쪽으로 이안과 반언을 계속 안내했다.

두 사람은 헬레인을 따라가며 수천 년 역사를 가진 에렌투 수도원의 내부를 둘러봤다.

작은 성처럼 크고 작은 건물들이 오밀조밀하게 붙어 있었다.

숲에 가려져 있는 수도원의 규모가 상상했던 것보다 훨씬 컸다.

'얼마 안 되는 인원으로 이 정도 규모의 수도원을 세웠다니. 기나긴 시간의 흐름이 쌓아 올린 것인가?'

이안은 높은 돌담에 둘러싸인 수도원의 규모에 감탄을 했다.

헬레인에게 듣기론 수도원에 사는 사람들은 2백 명이 채 안 된다고 들었다.

대대로 이 정도 숫자를 유지하고 있었다고 하니, 수천 년간 이들은 쉬지 않고 노동력을 투입해 수도원 건물을 증축하고 확장하며 지금에 이르렀을 것이다.

게다가 밤이면 내려오는 몬스터들에 맞서 싸우고, 농작물까지 자체적으로 경작을 했으니, 이들 수도사들은 몸이 열 개라도 부족했을 것이다.

"공들인 수도원이군."

이안의 말에 반언이 대꾸했다.

"맞습니다, 영주님. 이런 깊은 산중에 나무도 아니고 벽돌을 구해 건물을 쌓았다는 것은, 정말 깊은 신앙심이 아니면 어림도 없었을 것입니다. 영주님이야 공간 이동술로 눈 깜짝할 사이에 오셨지만 저 밑에서부터 험한 산길을 걸어 이곳까지 올라오려면 못해도 이틀은 걸릴 겁니다. 아마 벽돌을 짊어지고 오느라 수도사들 허리 꽤나 부러졌을 것입니다."

반언이 껄껄 웃으며 말했다.

"그랬을 거야, 그만큼 그들의 열의가 대단하다는 뜻일 테고."

이안은 깊은 눈빛으로 수도원에 조성된 정원을 바라봤다.

에렌투 수도원이 존재할 수 있었던 건, 그 밑바탕에 굳건한 신앙심으로 살다간 수많은 사람들이 있었기 때문이었다.

'어찌 됐건 존경할 만하군. 결계를 지키기 위해 아무런 대가도 없이 자신을 희생하며 지내다니. 나라면 그렇게 하지 못했을 거야.'

이안은 정원에 세워진 샬렌을 형상화한 조각상을 바라보며 미미하게 고개를 끄덕였다.

수도원에 들어오자 경건한 느낌이 절로 들었다. 그것은 샬렌을 믿든 안 믿든 그것과는 별개의 감정이었다.

"영주님, 이곳의 수도사들은 두 부류입니다. 평생 경전을 연구하고 기도에 힘쓰는 일반 수도사들과, 몬스터들을 퇴치하고 결계를 지키는 임무를 띤 결계 수도사들 이렇게 말입니다."

정원을 가로질러 가던 헬레인이 수도원의 체계를 설명해 주었다.

"헬레인은 어느 쪽인지 굳이 말하지 않아도 알겠군."

"네, 전 결계 수도사입니다. 적과 싸울 수 있는 전투 기술을 익혔습니다. 아루두인 지파만의 고유 비술인 불의 정령술도 익혔고 말입니다."

"그럼 조금 전 본 조르엔이라는 여자아이는 어느 쪽으로 갈 것 같나?"

이안이 묻자 헬레인은 잠시 생각하다가 답했다.

"그것은 차츰 교육을 받으며 결정될 문제이기에 이 자리에서 제가 단언드릴 수 없을 것 같습니다. 다만, 불과 친화력이 있다면 결계 수도사가 될 가능성이 높습니다."

"헬레인, 자네 돌아왔군!"

헬레인이 발걸음을 멈추고 소리가 들려온 쪽을 바라봤다.

수도원장 마일스가 검을 찬 수도사 한 명을 대동하고 정원 서쪽에서 다가오고 있었다.

"영주님, 앞서 걸어오는 저분이 아루두인 지파의 수장이자 에렌투 수도원의 원장이신 마일스 원장님이십니다."

"그렇군."

이안은 가슴 양쪽에 성화가 그려진 흰색 수도복을 입은 노인을 지그시 바라봤다.

눈매는 부드러웠지만 꽉 다문 입술과 눈빛은 근엄함이 묻어났다. 전체적으로 상대를 주눅 들게 하는 인상이었다.

잠시 후, 마일스가 가까이 다가오자 헬레인이 고개를 숙여 정중히 인사를 했다.

"다녀왔습니다, 원장님."

"그래, 멀리 다녀오느라 수고가 많았네."

고개를 끄덕이던 마일스는 헬레인 뒤에 서 있는 이안과 반언을 물끄러미 쳐다봤다.

매럿 교주를 잘 만났는지 헬레인에게 묻고 싶었지만, 처음 보는 외부인들이 이 자리에 있었다.

'이들은 누구지?'

수도원에 외부인을 함부로 데리고 들어올 수가 없었다. 필요한 경우엔 마일스에게 사전에 허락을 받아야만 한다.

예외적인 경우는, 후대를 잇기 위해 인재들을 외부에서 데려올 때뿐이었다 .

그것을 모를 리 없는 헬레인이 외부인을 데리고 들어왔으니 분명 그만한 이유가 있었을 것이다.

"헬레인, 이분들은 누구신가?"

"원장님, 여기 이분은 벨로린 왕국에서 오신 이안 알베른 영주님이시고, 옆에 계신 분은 이르카 3대 명장으로 계시다가 이안 영주님의 가신이 되신 반언 경이십니다."

헬레인이 이안과 반언을 차례로 소개했다.

'이안 알베른 영주라면…… 엘러트가 말한 소문의 그 영주가 아닌가?'

마일스는 깜짝 놀란 표정으로 이안을 뚫어지게 쳐다봤다.

'이 사람을 왜 여기까지 데리고 왔다는 말인가?'

이안에게 성화가 있다는 소문을 헛소문으로 치부하며 믿지 않고 있었던 마일스는 헬레인이 소문의 당사자를 데리고 오자, 강한 의문이 들었다.

'그리고 대체 반언이 왜 이 젊은 영주의 가신이 되었다는 말인가?'

마일스는 이름을 들어 본 적이 있는 이르카 왕국의 초강자 반언이 알베른 영주의 가신이 되었다는 것에도 놀라고 있었다.

이안은 헬레인의 소개가 끝나자 앞으로 한 발 나서며 먼저 정중히 인사를 건넸다.

"안녕하십니까, 처음 뵙겠습니다. 알베른 가문의 이안 알베른이라고 합니다."

"반언입니다."

반언도 가볍게 인사를 했다.

마일스는 두 사람이 예의를 차려 인사를 하자 일단 머릿속의 의혹들은 내려놓고 정중히 화답을 했다.

"반갑습니다, 에렌투 수도원장인 마일스라고 합니다. 멀리서 여기까지 와 주셨군요."

"갑작스럽게 저희들이 찾아와서 놀라셨을 겁니다."

이안의 말에 마일스는 헬레인을 바라보며 대꾸했다.

"헬레인이 함부로 행동할 사람이 아니니 분명 까닭이 있을 거라 생각합니다."

"수도원에 어려움이 있다고 해서 도움을 드릴 수 있을까 싶어 왔습니다."

이안이 담담히 말했다.

"어려움이라면 무엇을 말씀하시는 겁니까?"

"샬렌의 등불 말입니다."

이안의 대답에 마일스의 눈이 커졌고, 헬레인이 말을 덧붙였다.

"원장님, 이안 영주님은 성화를 가지고 계십니다."

"뭐라고!"

근엄했던 마일스의 표정이 한순간에 사라졌다. 그는 크게 놀라며 이안을 바라봤다.

"그럴 리가 있나. 성소로 들어가는 성물이 없을 텐데, 어찌 성화가."

마일스가 도저히 믿을 수 없다는 듯 중얼거리자 이안은 담담히 대꾸하며 손에 성화를 일으켰다.

"이해합니다. 매럿 교주도 그렇게 생각했으니까요."

이안의 손에서 만들어진 한 송이 성화의 꽃이 정원 안쪽 방향으로 날아가며 성스러운 빛을 뿌려 댔다.

그 빛에 영향을 받은 정원의 나무와 꽃, 심지어 잡초 들까지 왕성한 생명력을 발산하며 사방으로 생기 넘치는 아름다움을 펼쳐 냈다.

정원을 한 바퀴 돈 성화의 꽃은 다시 이안의 손으로 돌아왔다.

"받으십시오."

이안이 성화의 꽃을 마일스에게 내밀었다.

부르르 떨리는 손으로 성화의 꽃을 두 손으로 받아 든 마일스는 성화의 꽃에서 느껴지는 성스러운 기운에 그만 눈물이 주르륵 흘러내렸다.

샬렌의 등불에서 느껴지던 그 기운이었다.

성화의 꽃은 잠시 후 마일스의 손에서 사라졌다.

"아루두인 지파의 수장 마일스가 성화의 주인께 인사를 드립니다. 조금 전의 불경을 용서해 주십시오."

마일스가 그 자리에서 엎드리자, 허리에 검을 차고 마일스의 뒤에 서 있던 수도사 팔린도 부복을 했다.

"그만 일어들 나세요. 제가 불편합니다."

이안은 마일스와 팔린을 바로 일어나게 했다.

"비록 제가 성화를 지녔지만 샬렌교에서 어떤 위상을 누릴 생각은 없습니다. 그러니 저를 과하게 대하실 필요 없습니다. 냉정히 말해 샬렌교와는 상관없는 사람이니까요."

"어찌 그럴 수가 있겠습니까?"

마일스가 펄쩍 뛰며 말했다.

"로신 교주님 이후로 처음으로 성화가 나타났습니다. 그것은 곧 이안 영주님이 로신 교주님의 후예이자, 고대 샬렌교 이후로 정통성을 가진 진정한 교주라는 뜻이기도 합니다. 한데, 어찌 그것을 부정하고자 하십니까?"

"교주가 되고자 성화를 얻은 것도 아니고, 성화는 우연히 제 손에 들어왔을 뿐입니다. 신앙심이 부족한 제가 성화를 가졌다고 해서 교주가 되는 것보다는 성화가 없더라도 진실된 신앙심으로 교를 이끄는 사람이 교주가 되어야 한다고 생각합니다."

이안은 수도원을 천천히 둘러보며 말을 이었다.

"그리고 전 샬렌교를 생각하기 이전에 알베른 영지를 먼저 생각해야 하는 영주입니다. 그 점은 결코 변치 않을 것입니다."

단호한 이안의 태도에 마일스는 복잡한 눈빛으로 이안을 바라봤다.

하지만 곧 냉정을 되찾은 그는 이안에게 정중히 말했다.

"일단 안으로 들어가시지요."

다람쥐 한 마리가 나무에서 내려와 주변을 분주하게 살피더니 나뭇잎 사이에 떨어져 있던 잣들을 냉큼 집어 입안에 넣고 오물거렸다.

그 모습을 평평한 바위에 걸터앉아 지켜보던 듀크웨일이 잣을 더 뿌렸다.

다람쥐는 맛있는 먹잇감의 유혹을 뿌리치지 못하고 듀크웨일의 발아래까지 다가와 잣들을 집어 입안에 넣었다.

그런 다람쥐를 물끄러미 바라보던 듀크웨일은 손을 뻗어 다람쥐의 등을 부드럽게 쓰다듬었다.

다람쥐는 놀라거나 경계를 하지 않았다.

듀크웨일과는 오래전부터 교감을 하던 사이였기 때문이었

다.

"너는 먹이 때문에 나를 반기는 것이냐, 아니면 내가 좋아서냐?"

다람쥐는 듀크웨일에게 자신의 등을 내어 주며 먹이를 열심히 입안에 집어넣으며 모으다가 더는 먹이가 없자 재빨리 몸을 돌려 숲 안으로 뛰어갔다.

금세 모습을 감춘 다람쥐를 보며 듀크웨일은 쓴웃음을 지었다.

"그래, 네 대답이 무엇인지 충분히 알겠다. 못된 놈 같으니라고."

듀크웨일은 자리에서 일어나 숨을 크게 들이마셨다.

그는 산장에서 지내며 그라일라에게 당한 부상을 회복하는 데 집중하고 있었다.

사실, 마음속 울화만 없었다면 벌써 몸이 회복됐을 것이다. 용의 심장을 코앞에서 놓쳤다는 아쉬움, 그리고 그라일라에게 쉽게 패했다는 자괴감과 분노가 듀크웨일의 부상을 더 악화시켰었다.

'모든 건 마음먹기에 달린 것.'

차분히 가라앉은 눈빛으로 높게 뻗은 나무들을 올려다보던 듀크웨일은 문득 자신이 한없이 작게 느껴졌다.

아무리 큰 나무들이라도 자신이 검을 휘두르면 쓰러질 존재들이라 여겼는데, 다시 보니 그 나무들은 한자리에서 자연의 거친 환경을 이겨 내며 생존한 경이로운 존재들이었다.

'대체 난 얼마나 좁은 시야로 이 세상을 바라보고 있었던 것인가?'

풀 한 포기조차도 이제는 대단하게 느껴졌다.

숲을 걸으며 숲에서 살아가는 생물들의 강인한 생명력을 온몸으로 느끼던 듀크웨일은 어느 순간 자신을 둘러쌌던 거대한 장벽을 한 발 한 발 넘기 시작했다.

숱한 노력에도 넘을 수 없었던 내면의 장벽을 부지불식간에 뛰어넘은 듀크웨일의 전신에선 말할 수 없이 강한 빛이 뿜어져 나와 산장 일대의 숲을 일시에 밝혔다.

등에 녹색 활을 차고 듀크웨일의 뒤를 따라가며 호위를 서던 리오네는 그 빛이 너무 눈부셔서 손으로 눈을 가릴 수밖에 없었다.

잠시 후 빛이 사라지자 리오네는 듀크웨일이 있던 자리를 쳐다봤다.

듀크웨일이 마치 숲의 일부인 것처럼 나무들 사이에서 편안한 얼굴로 서 있었다.

모르는 사람이 무심코 이곳을 지나쳤다면 듀크웨일을 사람이 아닌 나무로 착각했을 정도로, 듀크웨일은 주변과 완벽히 동화되어 있었다.

그 모습에 리오네는 마음이 크게 요동쳤다.

듀크웨일이 거인족 섬의 패배를 극복해 내고 한 단계 더 도약을 한 것이다.

"폐하, 축하드리옵니다!"

리오네가 달려와 진심으로 기뻐했다.

한층 깊어진 눈빛으로 리오네를 바라보던 듀크웨일이 고개를 끄덕였다.

"고맙다, 리오네."

듀크웨일은 상의를 올려 자신의 복부를 감싸던 천을 잡아뜯었다. 상처에 맴돌던 그라일라의 기운이 씻은 듯이 사라져 있었다.

부상이 완벽히 회복된 것이다.

"산장으로 가자."

"예, 폐하."

리오네는 공손하게 대답했다.

뒷짐을 지고 산장으로 걸어가는 듀크에일의 전신에선 전에 볼 수 없었던 여유로움이 느껴졌다.

산장 주변을 경계하던 호위들은 듀크웨일이 다가오자 허리를 숙이며 예를 취했다.

그들을 지나쳐 산장으로 향하던 듀크웨일은 중간에 황실 원로 폴로와 마주쳤다.

폴로는 사뭇 달라진 듀크웨일의 기도에 크게 놀라며 리오네를 쳐다봤다.

리오네는 웃는 얼굴로 고개를 미미하게 끄덕였다.

"폐하, 드디어 벽을 깨셨군요! 경하드리옵니다!"

폴로가 큰 소리로 축하를 해 주자, 듀크웨일은 담담히 웃으며 말했다.

"고맙구나. 충성스러운 너희들이 내 곁을 지켜 준 덕분이다."

"아닙니다, 폐하."

폴로는 감격한 어조로 말했다.

거인족 섬의 일로 사실 황실 원로들 모두 충격을 받아 마음이 답답한 상태였다.

그런 상황에서 듀크웨일의 성장은 기꺼울 수밖에 없었다.

"그래, 무슨 일이냐?"

"폐하, 마녀를 추적하던 추적대의 보고입니다."

폴로는 전서구로 받은 서신을 두 손으로 듀크웨일에게 건넸다.

듀크웨일은 그 자리에서 서신을 읽어 내려갔다. 마녀가 상륙한 글레이너 지역을 조사하던 추적대가 마녀의 흔적을 발견하고 계속 추적 중이라는 내용이었다.

"마녀가 왜 하필 글레이너 왕국으로 간 것일까?"

서신에서 시선을 뗀 듀크웨일이 혼잣말처럼 중얼거렸다.

그라일라를 글레이너 해안가에 내려 준 선원들은 곧장 그 사실을 상부에 보고했고, 듀크웨일은 추적을 지시했었다.

글레이너 왕국에도 듀크웨일을 따르는 황실 조직이 있었

기 때문에 그것은 신속하게 이뤄졌다.

"우연이 아니겠습니까?"

폴로의 대답에 듀크웨일은 잠시 생각하다가 고개를 끄덕였다. 깊게 생각한다 하여 알 수 있는 일이 아니었다.

"추적대에 연락을 해라. 마녀를 발견하더라도 절대 가까이 접근하지 말라고 말이야."

"예, 폐하."

폴로는 공손히 대답을 했다.

듀크웨일은 멈췄던 발걸음을 다시 옮겨 산장으로 이어진 길을 따라 천천히 걸어갔다.

산장에 거의 다 도착했을 즈음, 듀크웨일이 폴로와 리오네에게 조용한 어조로 물었다.

"경들은 어떻게 생각하는가, 고대 용을 부활시켜 제국을 재건한다는 계획이 무리라고 생각하는가?"

갑작스러운 듀크웨일의 질문에 폴로와 리오네는 당황했는지 서로 얼굴을 마주 봤다.

듀크웨일은 단 한 번도 황실 원로들에게 이런 질문을 한 적이 없었다.

그저 선대들이 세운 계획을 사명처럼 받아들이고, 그것을 이루기 위해 최선을 다하고 있었을 뿐이었다.

"폐하, 그 무슨 말씀이십니까? 소신들은 결단코 그리 생각한 적이 없습니다."

폴로와 리오네가 대답했다.

"황실에서 황제의 검을 제대로 익힌 사람은 수백 년간 오직 나 혼자뿐이었다. 전설의 용체를 확보한 것도 나이고. 나는 이 모든 것이 내게 주어진 운명을 완수하라는 일종의 계시라 여겨 왔다. 제국을 재건할 절호의 기회라고 말이다."

산장에 도착한 듀크웨일은 몸을 돌려 원로들을 바라봤다.

"그런데 이제 확신이 서지 않는다. 내가 제국을 재건할 운명을 타고났는지 말이다."

"성화를 그렇게 얻으셨군요. 실로 생각지도 못했습니다."

마일스는 탁자 너머에 앉은 이안을 바라보며 주름 가득한 얼굴로 미소를 지었다.

그는 이안이 성화를 얻은 배경을 설명하는 내내 시종일관 미소를 잃지 않았다.

'샬렌님의 뜻이 아니었다면 어찌 신도도 아닌 사람이 성화를 얻었겠는가. 샬렌의 등불이 약해진 것을 알고 샬렌님이 적절한 사람을 보낸 것이 틀림없어.'

마일스는 마음속으로 신께 감사 기도를 했다.

'샬렌교와 관련이 없다고 이야기를 하면서도 멀리서 일부러 찾아와 준 것을 보면 이안 영주가 어떤 사람인지 알 수

있지.'

단정한 자세로 앉아 차를 마시는 이안을 바라보는 마일스의 시선은 흐뭇함이 가득했다.

이안이 샬렌교 교주직에 뜻이 없음을 분명히 밝혔지만, 마일스의 마음속엔 이미 이안이 로신 교주의 후예로 자리 잡고 있었다.

다만, 이안이 부담을 가질까 봐 더 이상 그 얘기는 꺼내지 않고 있었다.

"이안 영주님이 성화를 가지고 계시다는 것을 안 매럿 교주는 뭐라 하였습니까?"

마일스가 묻자 이안은 옆에 앉은 헬레인을 잠시 바라보다가 답했다.

"샬렌교의 교주가 되어 달라고 했습니다. 제가 교주가 되면 모든 지파가 인정하는 진정한 샬렌교의 교주가 될 거라면서요."

"음, 그도 그렇게 생각했군요."

마일스는 고개를 끄덕였다.

"하지만 거절했습니다. 그 길은 저의 길이 아니기 때문입니다. 이해해 주시기 바랍니다."

"저 역시 매럿 교주와 같은 생각이지만, 영주님이 싫다 하신다면 강요할 수는 없는 것이겠지요."

마일스는 멀리 내다보며 말했다.

당장 싫다는 사람에게 교주직을 강요하면 반감만 키울 뿐이다.

'기다리다 보면 그의 마음이 달라질 수도 있으니까.'

마일스는 기다리는 게 순리라 여겼다.

"사실은 영주님께 성화가 있다는 소문을 저도 듣긴 했습니다."

"아, 그렇습니까?"

이안은 찻잔을 내려놓으며 살짝 놀란 눈빛으로 마일스를 쳐다봤다.

벨로린과 멀리 떨어진 라프지아의 깊은 산속 수도원까지 자신의 이야기가 퍼졌을 줄은 몰랐다.

"하지만 믿지 않았습니다. 헛소문이라 여겼지요. 성소가 아니면 성화를 얻을 수 없다고 생각했으니까요. 게다가 성소로 들어가기 위해 필요한 성물의 한 조각을 저희 지파가 보관하고 있으니, 더욱 그렇게 생각할 수밖에 없었습니다."

"빛나는 손가락 수정 말씀이십니까?"

"네, 저희 지파가 한 개를 보관하고 있습니다."

"그러셨군요."

이안은 고개를 끄덕였다.

'매럿 교주는 모르고 있는 것 같던데, 그만큼 서로를 멀리한 것인가?'

수백 년간 왕래가 없었다고 하니 무리도 아니었다.

"원장님, 이안 영주님에 대한 소문은 어떻게 접하신 겁니까?"

조용히 앉아 있던 헬레인이 궁금했는지 물었다.

"시페로스에 다녀온 엘러트가 말해 주었네. 그곳에서 한 상인에게 그런 소문을 들었다더군."

"엘러트 수도사가 시페로스에 다녀왔습니까?"

"음, 그렇다네. 샬렌의 등불이 약해지고 있다는 것을 튜르 지파 사람들에게 전하기 위해서 갔지. 그런데 그들은 이미 오래전 명맥이 끊어져 존재하지 않았네."

마일스는 내부 반목으로 스스로 멸망의 길로 간 튜르 지파에 대해 무거운 눈빛으로 얘기해 주었다.

헬레인은 자신들 지파처럼 은둔 생활을 하는 튜르 지파가 사라졌다는 말에 놀라워했다.

"네에…… 그럼 조르엔이라는 아이는 시페로스 출신입니까?"

"자네가 조르엔을 어떻게 아는가?"

마일스가 의아한 눈빛으로 묻자 이안이 옆에서 대신 대답했다.

"오는 길에 우연히 만났습니다."

"그러셨군요. 혹 실례되는 행동을 했다면 제가 대신 사과드리겠습니다. 수도원에 온 지 며칠 안 된 아이입니다."

이안은 빙그레 미소를 지었다.

"그런 일 없었습니다. 아주 예의 바르게 행동했으니까요."

"그렇습니까? 다행이군요."

조르엔의 거취를 결정하지 못하고 아직 생각 중이던 마일스는 이안이 조르엔을 칭찬하자 기분 좋은 얼굴로 흰 수염을 훑어 내렸다.

"헬레인, 그 아이는 자네 말대로 시페로스 사람이라네. 굶주리고 병든 그 아이를 엘러트가 살려서 수도원에 데리고 왔지. 하지만 자네도 알다시피 수도원이 후대를 이을 인재를 받아들이는 기간은 벌써 오래전 지났네. 수도원 규칙상 그 아이를 내보내는 게 맞지만, 엘러트가 사정을 해 일단 보류 중이었네."

헬레인은 손톱을 물어뜯어 손끝에 상처가 심했던 조르엔을 떠올렸다.

수도원까지 데리고 왔는데 다시 내보내는 것은 정말 가혹한 처사일 수도 있었다.

하지만 마일스 원장은 규칙을 굉장히 중요시하는 사람이었다. 정에 이끌려 수천 년간 수도원을 지탱해 온 여러 원칙들을 쉽게 허물 사람이 아니었다.

'어떻게 될지 모르겠어. 보류 중이라고 했는데.'

헬레인은 조르엔을 수도원에서 받아들이자고 말을 하려다가 그만두었다. 샬렌의 등불을 되살리는 중요한 일로 온 이안 앞에서 수도원 내부 일을 계속 언급하는 것은 적절치 않아 보였다.

뭔가 할 말이 있는 것처럼 입술을 달싹이다가 입을 다무는 헬레인을 곁에서 지켜보던 이안이 헛기침을 하며 마일스에게 말했다.

"원장님, 한 말씀 드려도 되겠습니까?"

"물론이지요. 무슨 말씀이든 하셔도 됩니다. 영주님은 그럴 자격이 있으시니까요."

마일스는 수천 년 만에 나타난 성화의 소유자인 이안을 한없이 부드럽게 대했다.

"결계를 지켜야 하는 수도원 입장에서는 엄격한 규칙이 필요했을 겁니다. 그리고 전 그 엄격한 규칙 속에서 신앙생활을 하며 이곳을 지키는 아루두인 지파 사람들을 존경하고 있습니다."

"별말씀을요."

마일스는 성화를 가진 이안이 자신들을 인정해 주자 기쁜 마음이 들었다.

"결계를 지키는 것은 결계 자체가 목적이 아니라 결계가 파괴됨으로써 일어날 일을 막기 위해서가 아니겠습니까? 결국은 사람을 구하기 위해서라고 봅니다."

잠시 말을 멈춘 이안은 차를 한 모금 한 후 말을 이었다.

"여러 고충이 있으시겠지만, 이번 한 번만 아량을 베풀어 조르엔을 수도원에서 받아 주셨으면 합니다."

"조르엔을요?"

"그렇습니다. 상황을 보니 수도원의 보살핌이 필요한 것 같은데 말입니다. 아마 샬렌님도 그것을 원하실 것입니다."

"음."

이안의 말이 끝나자 마일스는 잠시 고민하는 표정으로 앉아 있다가 천천히 고개를 끄덕였다.

"알겠습니다, 성화를 가지신 영주님의 말씀도 있고 하니, 조르엔을 수도원의 일원으로 받아들이겠습니다."

마일스가 조르엔을 정식으로 받아들인다고 약속을 하자, 헬레인의 표정이 밝아졌다.

그녀는 이안이 설마 그런 부탁을 할 거라고는 예상치 못했었다.

헬레인은 이안에게 감사의 눈빛을 보냈고, 이안은 담담히 웃으며 차를 들었다.

"멀리서 오셨는데, 쉬실 방을 안내해 드리겠습니다. 샬렌의 등불은 내일 보러 가시지요."

"아닙니다, 바로 샬렌의 등불을 보고 싶군요."

"그러셔도 되겠습니까? 피곤하실 텐데요."

마일스가 묻자 이안은 자리에서 일어나며 답했다.

"괜찮습니다."

이안은 사실 자신의 능력으로 로신 교주가 만든 샬렌의 등불을 온전히 되살릴 수 있을지 자신할 수 없어 마음 한편이 계속 불안했다.

이런 상태로는 마음 편히 쉴 수가 없어서 얼른 샬렌의 등불을 보자고 말한 것이다.

'설마, 개망신당하는 건 아니겠지?'

성화를 지녔다고 해서 매릿 교주나 마일스에게 잔뜩 떠받침을 받았는데, 정작 중요한 일을 해결하지 못하면 서로 난처해진다.

이안은 그런 상황만큼은 꼭 피하고 싶었다.

"역시 이안 영주님은 책임감이 대단하십니다. 왜 영주님께 성화가 이어졌는지 이해가 됩니다. 도착하자마자 쉬지도 않고 바로 일에 착수하려 하시다니요."

마일스는 이안이 샬렌의 등불을 하루빨리 되살리려는 열의에 차 있다고 오해를 하며 감탄을 터트렸다.

마일스의 말에 이안은 어깨가 더 무거워졌지만 내색하지 않고 반언, 헬레인과 함께 마일스를 따라나섰다.

"원장님."

건물을 나와 길을 가다 마주친 여러 수도사들은 마일스에게 인사를 하며 지나쳐 갔다.

성화를 가진 이안이 수도원을 방문했다는 사실이 수도원 사람들에게 공개적으로 알려지지 않아서 그들은 이안이 누군지 몰랐다.

다만, 외부인들이 원장과 같이 있는 것 자체에 대한 일종의 호기심을 표출할 뿐이었다.

"영주님이 성화를 가지고 계시다는 것을 우리 수도사들이 알게 되면 하던 기도와 일을 멈추고 다들 달려왔을 것입니다."

마일스가 미소를 지으며 말하자 이안이 담담히 대꾸했다.

"민망한 말씀이군요."

"그나저나 아쉽습니다. 결계 안으로 들어간 수도사들이 영주님을 뵙고 들어갔으면 더 힘이 났을 텐데요."

"그게 무슨 말씀입니까, 결계 안으로 들어가다니요?"

이안은 의아한 눈빛으로 물었다.

"영주님은 모르고 계시는군요."

마일스는 한 발짝 뒤에서 걸어오고 있는 헬레인을 쳐다봤다.

"헬레인, 결계 안쪽에 대해서 영주님께 말씀드리지 않았나?"

"그 부분은 아직 말씀드리지 않았습니다. 아무래도 수도원에 도착해서 원장님에게 들으시는 게 더 좋을 것 같아서 말입니다."

마일스의 질문에 차분히 대답을 한 헬레인은 이안에게 말했다.

"죄송합니다, 영주님. 제가 먼저 알려 드릴 걸 그랬습니다."

"아니야, 지금 들으면 되잖아. 신경 쓰지 마. 그저 난 결계 안으로 누가 들어갔다는 게 놀라워서 물어본 거니까."

이안은 샬렌의 등불로 유지되는 결계가 일종의 벽 역할을 해서 누구도 오지 못하게 막고 있는 줄 알았다.

그런데 그것이 아닌 것 같았다.

마일스는 회색 단층 건물이 가까워지자 이안에게 말했다.

"그것에 대해선 저 안에 들어가서 말씀드리겠습니다."

"그러시죠."

이안은 마일스가 가리키는 회색 건물을 바라봤다.

창고처럼 생긴 회색 단층 건물은 언뜻 봐도 그 길이가 수십 미터는 될 정도로 거대했고, 특이하게도 창문이 하나도 보이지 않았다.

'감옥과 다름없군.'

폐쇄적인 구조물이었고, 경비를 서는 수도사들도 적지 않았다.

앞쪽에 있는 수도원 건물에서는 느낄 수 없었던 무거운 분위기가 감돌았다.

"경비를 서는 수도사들은 저와 같은 결계 수도사들입니다."

헬레인의 말에 이안은 고개를 끄덕였다.

"그렇군."

건물 주변의 결계 수도사들을 바라보며 이안은 수도원의

핵심이 바로 이곳이라는 것을 새삼 느꼈다.

'안은 어떤 모습일까?'

경비를 서는 결계 수도사들의 시선을 한 몸에 받으며 이안은 마일스 원장을 따라 철문으로 된 회색 건물 입구로 다가갔다.

"오셨습니까, 원장님."

철문을 안에서 열어 준 육중한 덩치의 중년의 수도사 벌컨은 원장과 함께 들어오는 일행을 바라보며 의아한 표정을 지었다.

'저들은 누군데 이곳에 데리고 오신 거지?'

헬레인과 팔린은 같은 결계 수도사들이기 때문에 잘 알고 있었다.

하지만 젊은 남자와 거구의 노인은 외부인들이었다.

결계지에 외부인이 들어온 적은, 벌컨이 알기론 단 한 번도 없었다. 그런 만큼, 크게 놀랄 수밖에 없었다.

"원장님, 이분들은 누구십니까?"

결계지를 지키는 책임 수도사 벌컨이 묵직하게 묻자 마일스는 이안을 먼저 소개했다.

"멀리 벨로린 왕국에서 오신 이안 알베른 영주님이시네. 성화를 가지고 계셔서, 이번에 헬레인이 모시고 왔다네. 인사드리게."

"예에? 성화를 가지고 계시다고요?"

깜짝 놀란 벌컨은 이안을 멍하니 바라보다가 다급히 그 자리에서 한쪽 무릎을 굽히고 머리를 숙였다.

"결계지 책임 수도사 벌컨이라고 합니다. 성화의 주인을 뵙게 되어 영광입니다."

고대 샬렌교가 사라진 후, 성화를 가진 사람은 나타나지 않았는데 갑자기 이렇게 등장하자, 벌컨은 기쁘면서도 한편으론 도무지 믿기지가 않았다.

'꿈인가?'

벌컨은 앉은자리에서 자신의 뺨을 세차게 때렸다. 뺨이 얼얼했다.

'적어도 꿈은 아니군. 내가 죽기 전에 이 땅에 다시 성화가 나타나니. 그것도 이분에게 말이야.'

벌컨은 고개를 살짝 들어 앞에 서 있는 이안을 올려다봤다. 그는 미소를 짓고 있었다.

"왜 뺨을 때린 겁니까?"

"믿기지 않아서 그랬습니다. 정말 꿈만 같아서 말입니다. 이 세대에는 성화가 나타나지 않을 거라고 생각했습니다."

"나도 성화를 얻은 것이 가끔 꿈처럼 느껴질 때가 있습니다. 아무튼 결계를 지키느라 수고가 많군요. 그만 일어나세요."

"감사합니다."

벌컨은 허리를 펴고 일어섰다. 그의 얼굴은 홍분이 가시지 않아 옅게 상기되어 있었다.

마일스는 벌컨의 심정을 이해한다는 듯 고개를 끄덕이다가 반언을 가리켰다.

"이분은 이르카 3대 명장이셨던 반언 경이시네. 지금은 이안 영주님의 가신이 되셨지."

"반언이라 하오."

"벌컨입니다."

벌컨은 반언에게도 정중히 인사를 건넸다.

두 사람이 인사를 나누는 동안 이안은 건물 내부를 둘러봤다.

창문이 없어 캄캄한 실내를 군데군데 놓인 등불이 밝히고 있었다.

'땅이 길고 넓게 갈라져 있군.'

이안은 건물 바닥을 살펴보다 협곡처럼 좌우로 쩍 벌어져 있는 땅을 발견하고는 저곳이 결계로 향하는 입구라는 것을 어렵지 않게 짐작했다.

이 창고 형태의 건물은 저 지각의 균열을 가리기 위해 일부러 넓게 지어진 것 같았다.

"제가 결계로 안내해 드리겠습니다."

벌컨은 이안이 온 목적을 마일스에게 전해 듣고는 길쭉한 나무를 집어 들었다.

그 순간, 나무 끝에서 불길이 확 치솟아 주변이 밝아졌다.

보통의 횃불과 달리 반경 수십여 미터가 환하게 밝아지는 놀라운 횃불이었다.

'아루두인 지파의 비술을 사용하나 보군.'

벌컨이 빛의 횃불을 만들자 이안이 방금 전 발견한 땅의 갈라짐이 더 확연하게 사람들에게 드러났다.

대형 선박 한 척이 빠져 들어갈 만한 커다란 땅의 틈이었다.

"으스스하군요."

반언이 지상에서 아래를 내려다보며 말했다.

시커먼 어둠이 저 아래에서 그들을 올려다보고 있는 듯했다.

"왜, 겁나나?"

이안이 옆에서 작게 묻자 반언이 헛기침을 했다.

"전 어렸을 때 혼자서 공동묘지도 못 갈 만큼 무서움을 잘 탔습니다. 지금은 물론 아니지만요. 아무튼 지금이 딱 그런 느낌입니다. 공동묘지로 가는 느낌."

"바닥을 보면 괜찮아질 거야. 이 공간도 끝은 있겠지. 안 그렇습니까, 원장님?"

"물론이지요."

마일스는 미소를 띠며 말했다.

세상에 용맹을 떨치던 이르카 3대 명장이 공동묘지를 무서워했다는 말이 왠지 우스웠다.

갑질하는 영주님

"지각이 이렇게 벌어진 건 고대 그 사건과 관련이 있는 겁니까?"

이안이 갈라진 땅속을 내려다보며 묻자 마일스가 고개를 끄덕였다.

"그렇습니다. 고대 용에 의해 하얀 나무 한 그루가 사라지자 고대 세계의 균형이 깨지며 그 여파가 전 대륙으로 미쳤습니다. 이곳의 땅이 이렇게 벌어진 것도 그 때문입니다. 차원의 균열은 바로 이 땅 아래에서 발생했습니다."

"그렇군요. 지하로 내려가는 계단은 수도원에서 만드신 거겠죠?"

갈라진 땅의 벽면을 따라 나선형의 계단이 지하로 길게 이어져 있었다.

"선대 수도사들이 고생을 좀 했습니다. 자, 그만 내려가시지요."

벌컨을 선두로 한 마일스와 이안 일행이 지하 계단을 이용해 천천히 아래로 내려가기 시작했다.

"이곳부터는 계단 폭이 좁습니다. 조심하십시오."

수백 미터 정도 아래로 내려온 벌컨이 뒤를 따라오는 이안과 반언에게 주의를 줬다.

마일스나 헬레인, 팔린은 이곳 계단 길에 익숙해져서 괜찮았지만 처음 온 이안과 반언은 아무래도 위험할 수 있었다.

아직 내려가야 할 길이 한참이나 남았기에 이곳에서 추락

하면 거의 죽은 목숨이라고 봐야 했다.

'아찔하군. 외줄을 타는 기분으로 계속 내려가야 하다니.'

조금만 몸의 중심을 잃어도 끝이 보이지 않는 아래로 떨어지는 만큼, 보통 담력이 아니면 버틸 수 없는 위태로운 계단 길이었다.

따라서 계단을 타는 사람들은 꼭 필요한 말만 했고, 그러다 보니 자연히 계단을 내려가는 발소리만 어두운 공간에 은은히 퍼져 갔다.

'위험하지만 오히려 집중력은 높아지는 곳이군.'

어두운 지하 공간을 내려다보며 걷던 이안은 그동안 자신이 신경 써서 바라보지 않았던 벽을 쳐다봤다.

울퉁불퉁한 지하 암석 벽이 이안의 시야에 가득 들어왔다. 그러나 그것이 전부가 아니었다.

평평하게 다듬어진 공간에 음각으로 작은 글씨들이 새겨져 있었던 것이다.

'이건 고대 샬렌교 경전에 있던 글들인데.'

이안은 걸음을 멈추지 않고 계단을 계속 내려가면서도 벽에 새겨진 글들을 용케 파악해 냈다.

'고대어로 된 샬렌교 경전의 문구들이 계단을 따라 이어져 있군.'

한 사람의 솜씨가 아니었다.

'글씨체가 다 달라.'

이안의 눈이 점점 커졌다.

어느 순간부터는 자신의 키만 한 벽의 한 면 전체가 샬렌교 경전의 문구들로 채워져 있었던 것이다.

'수백, 아니 수천 명이 남긴 글이야.'

에렌투 수도원의 결계 수도사들이 수천 년간 대를 이어 오며 남긴 신앙의 흔적들이었다.

이안은 갑자기 눈물이 샘솟았다.

'빌어먹을, 이게 뭐라고 눈물이 나는 거야.'

"왜 그러십니까?"

바로 뒤에서 따라오던 반언이 묻자 이안은 서둘러 감정을 조절하며 답했다.

"어, 아무것도 아니야. 눈에 뭐가 들어가서."

이안은 수천 명의 결계 수도사들이 남겨 놓은 그들의 글씨를 보며 지구에서의 일이 떠올랐다.

이계인들과 맞서 싸우며 사람들을 보호했던 민병대원들은 거주지 한쪽 벽에 낙서처럼 그들의 이름과 생애를 남겨 놓았다. 이계인들을 쫓아내면 하고 싶은 일들과 함께 말이다.

민병대장이었던 이안은 그런 그들에게 핀잔을 줬었다.

-쓸데없는 짓 하지 말고 그럴 시간에 싸우는 훈련이나 더 해. 그게 사람들을 위한 길이니까.

-대장, 모두 다 적었는데, 대장도 와서 적어요. 또 알아

요, 강한 염원을 담으면 이게 부적이 되어서 우리를 지켜 줄지.

─지랄하지 말라니까. 부적은 서로를 지켜 주는 동료가 부적이다.

─아, 어서요.

─싫다고, 이 자식아! 어서 훈련장으로 나와!

그리고 그날 밤, 이안은 모두가 잠든 것을 확인하고는 벽 제일 귀퉁이에 작은 글씨로 자신의 이름은 물론 죽은 가족의 이름까지 모두 적었다.

그리고 이계인이 지구에서 사라지면 가족들과 함께하고 싶은 일들도 몇 가지 적었다.

가족이 죽어 이뤄질 수 없는, 불가능한 일이었지만 그런 것은 상관없었다. 다른 하고 싶은 일들이 전혀 안 떠올랐기 때문이었다.

"이제 거의 다 왔습니다. 조금만 더 내려가시면 됩니다."

선두에서 빛의 횃불을 들고 내려가던 벌컨이 침묵을 깨고 일행에게 말했다.

상념에서 깨어난 이안이 아래를 내려다봤다.

반경 수십 미터를 밝히는 빛의 횃불에 바닥이 보이기 시작했다.

"후우, 이제 끝이 보이나 봅니다, 영주님. 뭔 놈의 지하가 이렇게 깊은지."

반언이 투덜대듯 말했다.

이안은 피식 웃으며 벽에 시선을 뒀다.

'누군가에게 기억되고 싶은 게 사람들의 본능인가?'

벽에 새겨진 글씨를 손으로 만지며 내려가던 이안은 지구에서 자신과 민병대원들이 남겨 놓은 벽의 글들이 어떻게 됐을지 궁금해졌다.

'사라졌을까?'

잠시 생각하던 이안은 계단이 끝나고 땅바닥이 보이자 이곳에 온 목적에 집중했다.

착.

땅에 발을 디딘 이안은 왼쪽을 쳐다봤다. 직경 10미터는 될 법한 커다란 동굴이 보였다.

"내려오시느라 고생하셨습니다, 영주님. 결계는 저 동굴 끝에 있는 지하 공동에 있습니다. 샬렌의 등불도 그곳에 있지요."

마일스의 말에 이안은 고개를 끄덕이며 품 안에서 사탕을 꺼냈다.

"사탕 드시겠습니까?"

"예에?"

"계단을 내려오느라 다들 지쳤을 텐데, 이 사탕 하나면 다시 기운이 날 겁니다."

이안이 농담 섞인 말을 하며 과일 맛 사탕을 사람들에게 나눠 줬다.

헬레인과 반언이야 이안이 사탕을 즐겨 먹는다는 것을 알고 있어서 당황하지 않았지만, 그렇지 않은 수도원 사람들은 성화의 주인인 이안이 사탕을 나눠 주는 모습에 약간 당혹스러워했다.

"가, 감사합니다."

결계지 책임자 벌컨과 결계 수도사 팔린은 평소 입에도 대지 않는 사탕을 받아 들고는 잠시 망설이다가 그대로 입안에 넣었다.

'오, 이거 생각보다 맛있군.'

벌컨은 눈을 동그랗게 떴다.

입안을 불쾌하게 만드는 단맛이 아니었다. 향긋한 과일 향과 어우러진 단맛은 기분을 좋게 만들어 줬다.

벌컨만 그렇게 느낀 것이 아니었다. 근엄한 마일스와 하루에 몇 마디 말밖에 하지 않는 팔린까지 사탕에 대만족하고 있었다.

"영주님, 사탕 맛이 아주 좋습니다. 말씀하신 대로 기운이 나는군요, 허허."

마일스는 사탕을 오물거리는 자신의 모습이 상상됐는지 쑥스러워하며 이안에게 말했다.

"다행이군요. 이제 안으로 들어가 볼까요?"

"그러시죠. 벌컨, 앞장서게."

사탕을 음미하던 벌컨은 헛기침을 하며 동굴로 앞장서 갔다.

"안에도 지키는 사람들이 있습니까?"

벌컨의 뒤를 따라가던 이안이 마일스에게 물었다.

"그렇습니다. 10여 명의 결계 수도사들이 샬렌의 등불을 지키고 있습니다. 그들은 하루가 지나면 지상의 다른 인원들과 교대를 하게 됩니다."

"그럼 결계 안으로 들어갔다던 그분들은 어떻게 된 겁니까?"

"이제 거의 다 왔으니 지금 말씀드리는 게 좋겠군요. 차원의 균열은 우리 쪽 세상에만 존재하는 것이 아닙니다. 마물들이 사는 차원도 동시에 균열이 일어났습니다. 그리고 그 사이엔 차원의 통로가 있어서 두개의 차원이 완전히 하나로 연결되는 것을 막아 주고 있습니다."

"우리 세상과 저쪽 세상이 벽 하나를 두고 연결된 것이 아니었군요."

이안이 놀라며 물었다.

"그렇습니다. 두 차원의 사이에는 완충지대처럼 또 다른 공간이 펼쳐져 있습니다. 저희는 그것을 차원의 통로라고 부르고 있습니다. 우주에 존재하는 수많은 다른 차원의 세계들이 뒤엉켜서 그 질서들이 무너지지 않게끔 신께서 안배를 하신 것이지요."

"놀랍군요. 차원과 차원 사이에 그런 공간이 존재하다니. 그럼 고대에 나타난 차원의 마물들은 그 차원의 통로를 거쳐서 우리 세상으로 넘어왔던 것이군요. 바로 넘어온 것이 아니라."

"맞습니다. 차원의 통로에 존재하는 혹한의 지역과 용암이 흐르는 드넓은 대지를 통과해서 넘어온 것입니다."

마일스는 마치 차원의 통로에 다녀온 사람처럼 말을 했다.

"아까 제가 말씀드린 결계 안으로 들어갔다는 수도사들은 그 차원의 통로를 조사하기 위해 들어간 것입니다. 수천 년 간 주기적으로 반복된 일이지요."

"무엇을 조사한다는 겁니까?"

마일스는 자신의 말에 집중하고 있는 이안을 잠시 바라보다가 차분한 목소리로 말을 이어 갔다.

"그것에 대답하기 전에 먼저 설명드릴 게 있습니다. 당시 로신 교주님은 차원의 균열을 완전히 없애기 위해 노력하셨지만 그것은 불가능했습니다. 아무리 로신 교주님이라 해도 고대 세계의 균형을 이루던 하얀 나무의 힘을 대체할 만한 능력은 가지고 있지 않으셨으니까요. 게다가 고대 용과 맞서 싸우러 가셔야 했기 때문에 시간도 부족하셨습니다."

"로신 교주님도 고민이 많으셨겠습니다."

긴 세월이 흘렀지만 이안은 로신 교주가 맞닥트렸을 고충이 얼마나 컸을지 조금은 이해가 됐다.

지키려 하는데 힘이 부족했을 때의 그 암담함이란 겪지 않은 사람은 모른다.

"그래서 로신 교주님은 임시방편이지만 차원의 균열에 샬렌의 등불로 유지되는 결계를 치셨습니다. 결계가 유지되는 동안 마물들이 이쪽 세상으로 넘어올 수 없게 말입니다."

뒤따라오던 반언이 헛기침을 하며 끼어들었다.

"임시방편치고는 너무 긴 게 아닙니까? 무려 수천 년간이나 든든히 차원의 균열을 막고 있었으니 말입니다."

반언의 말에 마일스는 빙그레 웃으며 고개를 끄덕였다.

"반언 경의 말씀이 맞습니다. 임시방편이라 말할 수 없을 정도로 대단한 결계긴 하지요. 그것도 단 하나의 결계로 마물들이 사는 세계에 생성된 차원의 균열까지 영향을 미치게 만드셨으니까요."

"양쪽의 균열이 모두 결계의 영향을 받는단 말씀입니까?"

뜻밖의 말에 이안은 놀랄 수밖에 없었다.

"그렇습니다. 결계는 하나지만 그 영향은 두 곳 모두에 미치고 있습니다. 결계 수도사들이 주기적으로 차원의 통로로 넘어가는 것은 바로 마물들의 세계와 연결된 차원의 균열에 이상이 없는지 확인하고 조사하기 위해서입니다."

"그렇군요."

"과거에는 1년 주기로 차원의 통로에 들어가서 조사를 했지만, 요즘은 훨씬 그 주기가 짧아졌습니다."

샬렌의 등불이 약해지면서 결계 수도사들의 대응도 달라진 것 같았다.

'이중 잠금장치라고 봐야 하나? 설령 저쪽 차원의 균열이 다시 열린다 해도 우리 쪽 자물쇠가 하나 더 남아 있으니까. 하지만 샬렌의 등불이 꺼지면 우리 쪽 결계도 소멸되겠지.'

이안은 앞을 바라봤다. 동굴은 깊어서 아직 지하 공동이 나오지 않고 있었다.

"원장님, 궁금한 게 있습니다. 마물들이 사는 차원은 왜 균열이 일어난 것입니까? 우리 세계야 하얀 나무가 사라진 여파로 그랬다지만."

"상호작용입니다."

"상호작용요?"

마일스는 수염을 훑어 내리며 대답했다.

"로신 교주님이 남기신 말씀에 의하면 차원의 균열은 또 다른 차원에 영향을 미친다고 하셨습니다. 우리 세계에 차원의 균열이 먼저 일어났고, 그 영향으로 마물들의 세계에도 차원의 균열이 일어난 것입니다."

"그런 의미였군요."

"하나의 결계가 두 차원의 균열에 모두 영향을 미칠 수 있었던 것도 로신 교주님이 이러한 상호작용을 적극적으로 이용하셨기에 가능했던 것이지요."

"그런데 이상하군요. 그럼 굳이 결계 수도사들이 차원의 통로로 들어가 저쪽 상황을 살필 이유가 없지 않습니까? 상호작용이라면 지하 공동에 있는 우리 쪽 차원의 균열 상태만 확인하면 될 텐데요."

이안이 의문을 표하자 마일스는 입안에서 녹아 작아진 사탕을 살짝 깨물어 먹은 뒤 답했다.

"상호작용을 한다는 것이지, 모든 것이 다 똑같이 움직인 다는 뜻은 아닙니다. 한계도 분명 존재하고요. 심지어 저쪽 차원의 균열은 결계가 존재하는데도 불구하고 일부 마물들이 차원의 통로로 넘어올 때도 있습니다."

"마물들이요? 왜 그런 일이……."

"상호작용을 한다지만 샬렌의 등불이 직접 힘을 미치는 이곳의 결계 상황과 그렇지 않은 저쪽의 상황은 큰 차이가 있습니다. 아무래도 그 이유가 아닌가 싶습니다. 정확한 원인은 밝혀지지 않았지만요. 그래서 주기적으로 차원의 통로 안쪽 상황을 파악해 두고 있었습니다."

이안은 듣다 보니 이해가 됐다.

"말씀대로라면 차원의 통로에 마물들이 돌아다니고 있겠군요."

"그렇습니다. 많지 않지만 마물들이 있는 것은 사실입니다. 그래서 차원의 통로에 들어간 결계 수도사들은 늘 전투에 대비해야 합니다. 실제로 마물들과 싸우다 다치거나 목숨을 잃는 경우도 있습니다."

말을 하던 마일스는 자신의 옆구리를 손으로 지그시 내리눌렀다. 내장이 다 보일 정도로 중상을 입었었지만 그는 아직 살아 있었다.

이안은 원장의 기색을 살피며 물었다.

"원장님도 차원의 통로에 들어갔다 오셨나 보군요."

"물론입니다. 지금보다 훨씬 젊었을 때지만 말입니다."

원장으로 선출되기 전인 수십 년 전만 해도 마일스는 결계 수도사로서 차원의 통로에 들어가 내부를 살펴보는 임무를 꾸준히 수행해 왔었다.

그곳에서 마물들을 상대하다 목숨을 잃을 뻔한 적도 있었다.

"수천 년 동안 마물들을 보일 때마다 없애지 않았다면, 아마 차원의 통로는 마물들로 득실거렸을 겁니다."

담담한 마일스의 말에 이안은 고개를 끄덕였다.

이곳으로 내려오며 목격한 계단 옆의 벽에 새겨진 수많은 사람들의 글씨들 중에는 차원의 통로에서 죽은 사람들의 것도 분명 있을 것이다.

'나중에 그곳에 들어가 봐야겠어. 어떤 곳인지 살펴보게 말이야.'

이안은 샬렌의 등불을 되살리고 난 후에 차원의 통로에 들어가 볼 작정을 했다.

'저기 지하 공동이 보이기 시작하는군.'

멀리 동굴 끝과 맞닿아 있는 지하 공동 방향에서 은은한 빛이 새어 나오고 있었다.

샬렌의 등불에서 뻗어 나오는 빛이 동굴 안으로 스며들어 와 주변을 밝히고 있는 것 같았다.

'드디어 여기까지 왔군.'

이안은 가슴이 살짝 뛰었다. 수천 년의 시공간을 초월해 로신 교주가 남긴 그의 기운을 느낄 수 있는 기회였다.

그것은 흥분되고 감격스러운 일이었다.

블란조르에게 자주 들어왔던 로신 교주의 영웅적인 활약과 면모 때문에 더 그런 것인지도 모른다.

샬렌의 등불을 되살릴 수 있을 것인지에 대한 불안감은 어느새 로신 교주가 남긴 성화에 대한 기대감으로 변해 있었다.

이안이 말없이 앞만 보고 걷자, 헬레인은 뒤에서 이안의 그런 뒷모습을 바라보다가 마일스에게 조용히 물었다.

"원장님, 차원의 통로에 누가 인솔자로 들어갔습니까?"

헬레인은 아까부터 궁금했던 것을 물었다.

"엘러트 수도사네. 자신의 차례가 아니지만 그가 자원을 했네."

"엘러트 수도사가요?"

헬레인은 살짝 놀라는 눈치였다.

"헬레인 자네가 있었다면 원래 자네 차례였겠지?"

마일스가 고개를 살짝 돌려 뒤따라오는 헬레인을 바라보며 말했다.

"그렇습니다."

결계 수도사들 중에 불의 정령술을 마스터한 사람은 많지 않았다. 그들 중에 한 명이 책임자가 되어 다른 결계 수도사들을 데리고 차원의 통로를 조사하는 임무를 맡는다.

"조르엔을 데리고 왔기에 이번 임무에서는 빠질 줄 알았는데, 먼저 찾아왔더군. 책임감이 대단한 사람이야."

마일스는 말을 마치고 다시 앞을 바라보며 걸어갔다.

헬레인은 붉은 피가 몽글몽글 올라오던 조르엔의 손끝 상처를 떠올렸다.

'그거였어, 불안해하던 이유가.'

헬레인은 조르엔에게 미안해졌다.

'내가 영주님을 모시고 산 아래 마을에서 점심을 먹지만 않았어도 엘러트 대신 내가 들어갔을 텐데.'

마음이 불편해진 헬레인에게 옆에서 함께 걷던 팔린이 나지막한 목소리로 말을 건넸다.

"걱정 말게. 그는 별일 없을 테니까."

헬레인은 고개를 돌려 얼굴이 길쭉한 팔린을 쳐다봤다.

팔린은 수도원장을 따라다니며 그의 지시를 수도사들에게 전달하는 역할을 하는 사람이었다.

불의 정령술을 마스터 한 소수의 사람 중 한 명이었고, 결계 수도사들 중에서 검을 가장 잘 쓰는 사람이기도 했다.

팔린은 걸음의 속도를 약간 늦춰 앞서 걷는 이안과 반언, 마일스 원장과의 거리를 늘렸다.

"하지만 만약 그에게 무슨 일이 생기면 자넨 앞으로 조르엔을 책임져야 하네."

"그건 무슨 말이지?"

깜짝 놀란 헬레인은 팔린처럼 걸음을 약간 늦추며 그에게 물었다.

"그건 내게 묻지 말게. 엘러트가 한 말을 자네에게 전한 것뿐이니까."

무심히 말을 한 팔린은 다시 발걸음 속도를 올려 마일스 원장의 뒤에 바짝 따라붙었다.

멍하니 제자리에 멈춰 서 있던 헬레인은 이안이 뒤를 돌아보자 급히 정신을 차리며 빠르게 다가왔다.

"왜, 무슨 일 있나?"

"아닙니다, 영주님."

이안은 헬레인의 얼굴을 잠시 바라보다가 고개를 돌려 전방을 응시했다.

더는 횃불이 필요 없다 생각했는지, 벌컨이 횃불을 꺼트리고 동굴 끝에 있는 지하 공동 입구에 서 있었다.

"이곳이 결계지입니다, 영주님. 들어가시지요."

벌컨이 정중히 말을 하며 밝은 빛이 뻗어 나오는 지하 공동 안쪽을 손으로 가리켰다.

"수고했습니다."

"별말씀을요. 성화를 가지신 영주님과 이곳에 오게 되어 무척 영광입니다. 샬렌의 등불을 환하게 되살려 주십시오."

벌컨이 기대가 된다는 듯 큰 목소리로 말하자 옆에 있던 마일스가 점잖게 손짓을 했다.

"벌컨 수도사, 호의로 먼 길을 오신 분에게 부담을 드리면 안 되네."

"죄송합니다, 원장님."

두 사람의 대화에 이안은 어깨가 다시 무거워졌다.

'마음을 좀 편하게 먹으려 했더니…….'

"걱정들 마시오. 우리 영주님은 뭐든 다 해내시는 분이니까."

이안의 속도 모르고 반언이 사람들에게 큰소리를 쳤다.

"험, 반언 원로, 왜 나서고 그래."

"영주님, 어서 샬렌의 등불을 되살리고 저녁이나 드시러 가시지요. 벌써 배가 고픕니다."

이안은 반언을 살짝 째려보다가 동굴을 벗어나 지하 공동으로 들어갔다.

"성화를 가지신 분이다. 앞을 막지 마라!"

지하 공동 입구를 지키던 결계 수도사들은 원장과 함께 내려온 책임 수도사 벌컨의 말에 크게 놀라며 이안을 막지 않고 옆으로 물러났다.

그들은 성화를 가진 사람이 갑자기 등장하자 벌컨처럼 놀라 눈을 크게 뜨고 이안을 바라봤다.

'저것이군.'

이안은 홀린 사람처럼 높이와 폭이 수십여 미터에 이르는 넓은 지하 공동 안으로 걸어 들어갔다.

검은 빛으로 회오리치는, 너무도 어두운 빛무리가 지하 공동 중앙 허공에 떠서 일렁이고 있었다.

우우우우웅!

검은 빛무리에선 사람의 혼을 빼놓을 것만 같은 기괴한 소리도 났다.

'이게 바로 차원의 균열.'

이안은 마차 크기만 한 검은 빛무리를 노려보다가 그것을 감싸서 가두고 있는 외곽의 붉은 광채의 막에 시선을 옮겼다.

붉은 광채가 뻗어 나오는 원형의 막은 검은 빛을 완전히 가둬 둔 상태였다.

'차원의 균열이 저것 때문에 제 힘을 발휘하지 못하고 있어.'

붉은 광채의 막에는 가히 측량할 수 없을 정도로 엄청난 양의 성스러운 기운이 담겨 있었다.

이안은 한눈에 그것이 성화의 힘임을 알아봤다.

'어마어마한 힘이다.'

차원의 균열도 로신 교주의 성화의 힘 앞에선 굴복한 모습이었다.

차원의 균열을 가둬 둔 성화의 붉은 막을 감탄하며 바라보던 이안은 시선을 내려 차원의 균열이 일어난 곳 주변에 배치된 네 개의 바위를 둘러봤다.

사람 몸통만 한 바위는 스스로 빛을 내며 태양처럼 밝게 타오르고 있었다.

붉은 막의 형태를 한 결계에 성화의 힘을 끊임없이 제공하는 것은 땅에 배치된 바로 이 네 개의 불타는 바위였다.

'샬렌의 등불.'

로신 교주는 바위를 깎아 그 속에 전력을 다해 성화를 주입했고, 이것이 바로 에렌투 수도원 사람들이 말한 샬렌의 등불이었다.

'기가 막히는군. 이 투박한 바위가 수천 년간 타오르며 성화를 일정하게 발산시키다니.'

로신 교주는 성화의 힘 자체도 대단했지만 그것을 효과적으로 활용하는 능력도 타의 추종을 불허하는 것 같았다.

이안은 불타는 바위 곁으로 조금씩 다가갔다.

쿠쿠쿠쿠!

바위는 사람의 접근을 막으려는 듯 수 미터 앞까지 다가온 이안을 강한 힘으로 밀쳐 냈다.

하지만 이안은 밀려 나지 않고 굳건히 버티며 몸을 묵직하게 만들어 불타는 바위로 한 발 한 발 접근해 갔다.

이번엔 바위에서 영혼을 불태울 정도로 뜨거운 기운이 폭풍처럼 몰려와 이안의 가슴을 강하게 때렸다.

이안은 순간적으로 성화를 불러내 자신의 몸을 보호했다.

콰앙!

두 기운이 충돌하자 폭음과 함께 번쩍이는 섬광이 지하 공동 전체를 일순간 환하게 밝혔다.

불타는 바위들에서 뿜어져 나오는 자연스러운 빛을 집어삼키는 강력한 빛의 폭풍이었다.

'빛이 너무 강해서 눈에 통증이 느껴질 정도야.'

헬레인은 물론 이안의 행동을 멀리 떨어진 곳에서 지켜보던 모든 사람들이 일시적으로 눈을 감고 빛의 폭풍을 피해 고개를 돌려야만 했다.

오직 눈을 뜨고 있는 사람은 바위의 강력한 저항을 견뎌내고 어느새 바위 앞까지 도착한 이안뿐이었다.

"오, 역시 성화의 주인이시군."

마일스 원장은 불타는 바위 앞에 서 있는 이안을 바라보며 연신 고개를 끄덕였다.

결계를 유지시키는 샬렌의 등불은 인간들의 접근을 허락하지 않았다. 심지어 불의 정령술을 익힌 결계 수도사들조차도 샬렌의 등불과 일정하게 거리를 둬야 했다.

가까이 접근하면 샬렌의 등불이 스스로를 보호하기 위해 강한 힘을 발휘하기 때문이었다.

"샬렌의 등불에 저렇게 가까이 접근한 사람은, 로신 교주님 이후로 처음이지 않겠습니까?"

벌컨의 말에 마일스는 고개를 끄덕였다.

"물론이네. 이안 영주님이 성화를 가지고 계시기 때문에 가능한 것이야."

마일스와 벌컨이 대화를 나누는 동안 헬레인은 이안을 바라보며 마음속으로 신께 기도를 드리고 있었다.

'샬렌이시여, 이안 영주님께 힘을 불어 넣어 주십시오. 로신 교주님이 남기신 결계가 천년만년 계속 유지되도록 말입니다. 수천 년간 이곳을 지켜 온 저희들의 노력이 헛되지 않도록 은총을 내려 주십시오.'

사실 헬레인은 여행 중에 이안이 샬렌의 등불을 되살리는 일에 상당히 부담감을 느끼고 있다는 것을 감지했었다.

이안이 여행 내내 유쾌하게 웃으며 내색을 안 했어도 헬레인은 숲에서 야영을 할 때 가끔씩 보여 주던 이안의 무거운 눈빛 속에서 그런 부분을 읽었다.

그러나 헬레인은 그것을 모르는 척했다.

자신이 말을 꺼내는 순간, 이안이 더 부담감을 느끼게 될 거라는 것을 알고 있었기 때문이다.

헬레인은 샬렌의 등불 앞에서 한동안 서 있던 이안이 팔을 내뻗어 등불에 손을 대려 하자 저도 모르게 주먹을 말아 쥐었다.

그녀 손엔 식은땀이 촉촉이 맺혀 있었다.

'성화가 없었다면 복잡해질 뻔했어.'

성화를 일으켜 불타는 바위의 보호막을 비교적 쉽게 뚫고 들어온 이안은 안도했다.

성화가 아닌 포스나 내공의 힘으로 보호막과 싸우며 뚫고 들어오려 했다면, 지하 공동이 지금쯤 난장판이 되었을지도 모른다.

숨을 돌리고 있는 이안의 옆에서 블란조르가 불타는 바위를 내려다보며 말했다.

─이곳에 와 보니 로신 교주가 새삼 위대한 인물이었다는 것을 인정할 수밖에 없구나. 고대 용과의 싸움을 앞두고도 흔들리지 않고 자신의 역량을 최고치로 발휘해 이런 괴물 같은 결계를 만들어 놓고 가다니.

"그러게 말이야."

고개를 끄덕인 이안은 깊은 눈빛으로 샬렌의 등불로 불리는 불타는 바위를 바라봤다.

자신의 성화보다 훨씬 강렬한 로신 교주의 기운이 바위에서 느껴졌다.

"어쩌면 그는 이곳에 다시 돌아오지 못할 거라는 자신의 운명을 예감하고 있었던 것은 아닐까? 그렇지 않고서야 수천 년을 지탱할 수 있는 결계를 만들었을 리가 없잖아."

이안은 고개를 돌려 차원의 균열을 포위하듯 배치된 네 개의 불타는 바위들을 차례대로 둘러봤다.

"마일스 원장은 임시방편이라고 표현했지만, 아니야. 이건 로신 교주가 뼈를 깎는 고통으로 만들어 낸 최고의 결과물이야. 나는 그게 느껴져."

이안은 로신 교주가 굉장히 고독하고 외로웠을 거라고 생각했다. 아무리 신과 소통하는 교주라 하지만 그의 어깨에 너무도 많은 짐이 놓여 있었을 테니 말이다.

"사람들은 그를 신의 대리인으로만 여겼지, 인간 로신으로는 봐 주지 않았을 거야. 그런 삶을 견뎌 내는 것은 아주 힘들었을 텐데. 아무리 로신 교주라 해도."

─동감한다. 하지만 그 짐을 내려놓지 않고 자신이 끝까지 짊어졌기 때문에 너와 나의 존경을 받는 게 아니겠느냐?

"그런가?"

이안은 피식 웃으며 멀리서 자신을 지켜보는 수도원 사람들을 쳐다봤다.

"나는 존경받지 않아도 되니까, 그런 삶은 살지 않겠어.

여기서 죽으라고 하면 난 바로 도망칠 거라고."

—그런 녀석이 빚더미에 앉은 영지를 포기하지 않고 일으
켜 세웠던 것이냐? 지구에서 고통스러운 시간을 경험한 녀
석이?

"아, 그건 좀 다르지. 영지를 정상으로 돌려놓고 두 발 쭉
펴고 편안히 살고 싶었을 뿐이니까."

블란조르는 잠시 침묵하다 말했다.

—난 네가 행복했으면 한다. 내 몫까지 말이다.

"걱정 말라고. 나는 누구보다 행복추구권을 가장 중요하
게 생각하는 놈이니까."

이안은 천천히 불타는 바위를 향해 팔을 내뻗었다.

평범한 사람이라면 로신 교주의 힘이 담긴 불타는 바위에
손을 대는 순간, 잿더미로 변했을 것이다.

하지만 성화를 가진 이안은 그 뜨거움을 견딜 수 있었다.

'어디 내부를 살펴볼까?'

눈을 지그시 감은 이안은 바위 안으로 성화의 기운을 조금
흘려보냈다.

그 순간 이안은 자신의 몸이 바위 속으로 점점 빨려 들어
가는 듯한 기분이 들었다.

'뭐지?'

당황한 이안은 잠시 고민하다가 불타는 바위에서 손을 떼
지 않고 계속 버텼다.

우우우웅!

불타는 바위에서 황금색 빛이 뿜어져 나와 이안을 감쌌고, 잠시 후 이안은 로신 교주가 만들어 놓은 샬렌의 등불 내부로 들어갈 수 있었다.

감았던 두 눈을 천천히 뜬 이안은 팔을 내리고 앞을 응시했다.

'여긴⋯⋯.'

어두운 공간에 수 미터 크기의 거대한 황금색 성화의 불꽃이 장엄하게 불타오르고 있었다.

"이것이 로신 교주의 성화구나!"

이안은 말할 수 없이 따뜻한 기운에 감응돼 넋을 잃고 로신 교주의 성화를 바라봤다.

"굉장하지 않아?"

이안이 말을 걸었지만 주변은 조용했다.

주변을 살핀 이안은 그제야 이곳에 블란조르가 없다는 것을 깨달았다.

'성화를 지닌 나만 이 공간으로 들어올 수 있나 보군.'

이안은 걸음을 옮겨 로신 교주가 바위 속에 심어 둔 황금색 성화의 불꽃으로 다가갔다.

"이런, 불꽃이 손상됐어."

허공에 떠 있는 성화의 불꽃을 바라보던 이안이 미간을 좁혔다.

가까이 다가와 바라보니 완벽해 보였던 황금색 성화의 불꽃 표면 곳곳에 틈이 벌어져 있었다.

그리고 그 틈을 통해 성화의 힘이 계속 빠져나가고 있었다.

"샬렌의 등불이 약해진 것은 바로 이것 때문이었어."

로신 교주가 남긴 성화의 불꽃은 긴 세월을 거치며 차츰 손상이 됐고, 그것이 마일스 원장 대에 이르러 더욱 심해진 것이다.

"이대로 놔두면 로신 교주가 남긴 성화의 불꽃은 얼마 못 가 완전히 소멸될 거야. 결계도 마찬가지고."

해결책은 두 가지였다.

하나는 로신 교주가 남긴 성화의 불꽃을 대체할 새로운 성화의 불꽃을 이안이 만드는 것이었다.

다른 해결책은 로신 교주가 남긴 성화의 불꽃을 보수해 지금처럼 사용하는 것이다.

팔짱을 끼고 잠시 고민하던 이안은 로신 교주의 성화를 올려다봤다.

"지금 내 능력으로는 로신 교주의 성화를 대체할 수가 없어, 보수하는 것이라면 모를까."

이안은 무리수를 두지 않았다. 물론, 로신 교주의 성화를 보수하는 것도 성공할지 장담을 할 수는 없었다.

'최선을 다해 보자. 여기까지 와서 빈손으로 영지에 돌아

갈 수는 없잖아.'

이안은 허공으로 솟구쳐 거대한 성화의 불꽃 측면에 달라 붙었다.

손에 성화를 일으킨 이안은 발갛게 달아오른 자신의 손을 손상된 로신 교주의 성화의 불꽃 부위에 가져다 댔다.

치이이이익!

날카로운 소리와 함께 이안의 손에서 흘러나온 성화의 기운이 손상되어 틈이 생긴 불꽃의 부위를 메꾸기 시작했다.

그러나 곧 그 부위가 다시 벌어졌다.

이안의 표정이 굳어졌다.

'젠장, 제발 떨어지지 마라. 내 힘을 밀어 내지 말라고. 같은 편이니까.'

이안은 정신을 집중하며 다시 한번 시도를 했다.

이안의 기도가 통했는지, 처음엔 이안의 성화를 밀어 내던 로신 교주의 성화가 차츰 이안의 성화와 화합을 이뤄 냈다.

그리고 그 효과는 놀라웠다.

손상된 부위가 강철처럼 단단해지며 다시는 떨어지지 않을 것처럼 견고해진 것이다.

'됐다!'

얼굴이 밝아진 이안은 손상된 부위를 계속 찾아내 그것을 보수해 나갔다.

과정은 단순했지만 그것에 소모되는 이안의 성화와 정신

력은 적지 않았다.

손상된 부위를 반쯤 찾아내 해결한 이안은 바닥으로 내려와 그대로 큰대자로 누워 숨을 헐떡였다

"하아 하아, 며칠간 전력을 다해 싸운 기분이야."

한동안 휴식을 취한 이안은 자리에서 일어나 다시 로신 교주의 성화를 보수하기 시작했다.

심신은 피곤했지만 이안의 입가엔 미소가 사라지지 않았다.

'다행이야, 샬렌의 등불을 지킬 수 있어서.'

마지막 손상된 부위를 보수한 이안은 뒤로 물러나 거대한 성화의 불꽃을 바라봤다.

"처음보다 좋아 보이는군."

흡족한 미소를 지은 이안은 탈진할 것 같은 몸을 이끌고 성화의 불꽃 앞으로 걸어갔다.

성화의 불꽃을 보수하긴 했지만 이미 빠져나간 로신 교주의 성화의 힘 때문에 샬렌의 등불은 약해져 있었다.

'손을 댄 김에 확실히.'

손상된 부위를 다 보수를 해서 이 상태로 둬도 이안이 보기에 앞으로 수백 년은 갈 것 같았지만, 그것으로는 부족했다.

'성화여, 활활 불타올라라! 활활!'

이안이 전력을 다해 성화를 일으키자 그의 눈이 황금빛으

로 물들었고, 전신에선 황금색 서기가 뿜어져 나왔다.

고오오오!

번쩍이는 성화의 기운이 이안의 손바닥을 통해 로신 교주가 남긴 성화의 불꽃으로 주입되기 시작했다.

이안의 성화를 거부하지 않고 받아들인 로신 교주의 성화의 불꽃은 황금색을 넘어 하얗게 불타오르기 시작했다.

'이상한데, 왜 이렇게 내 성화가 강해진 거지?'

이안은 이상한 기분이 들어 고개만 돌려 뒤를 돌아봤다.

30대쯤으로 보이는 낯선 장발의 사내가 이안의 등에 손을 대고 옅은 미소를 짓고 있었다.

"당신은……."

"힘을 내라."

"누구십니까?"

"힘을 내라."

같은 말을 반복하던 장발의 사내는 어느 순간 허깨비처럼 이안의 눈앞에서 사라져 갔다.

'뭐지? 내가 만들어 낸 환상은 아닌 것 같은데.'

놀란 눈빛으로 장발의 사내가 있었던 빈 허공을 바라보던 이안은 다시 고개를 돌려 성화를 주입하는 일에 집중했다.

자신이 본 게 무엇이든 하던 일을 마무리해야 했다.

시간이 지나고 어느 순간 이안의 몸이 부르르 떨려 왔다.

'가슴속 성화가 텅 비었어.'

성화를 다시 사용하려면 시간이 필요했다.

심신이 모두 지친 이안은 무거운 몸을 이끌고 뒤로 비틀거리며 물러났다.

고개를 들어 앞을 바라본 이안의 미소가 짙어졌다.

황금색을 넣어 하얗게 꽃이 핀 거대한 성화의 불꽃이 영롱하게 빛나고 있었다.

"됐어, 하나는 정상으로 돌려놨군."

성화의 불꽃을 바라보던 이안의 몸이 천천히 뒤로 넘어갔다.

쿠웅!

바닥에 널브러진 이안은 잠시 그 상태로 누워 있다가 마음속으로 생각했다.

'이제 밖으로 나가자.'

파앗!

이안의 몸이 밝은 빛에 휩싸였다.

번쩍.

감았던 두 눈을 뜬 이안은 앞을 쳐다봤다. 불타는 바위에 자신의 손이 붙어 있었다.

이안은 바위에서 손을 떼며 길게 숨을 내뱉었다.

'안에서의 일이 마치 꿈만 같군.'

몸과 정신은 극도로 피곤했지만 해냈다는 성취감이 이안을 기쁘게 만들었다.

'잘됐어, 샬렌의 등불을 되살리지 못할까 봐 걱정을 많이 했는데.'

이안은 뒤로 천천히 물러나며 바위를 바라봤다.

샬렌의 등불로 불리는 불타는 바위는 크게 변해 있었다.

이안이 지하 공동에 들어와 처음 봤을 때만 해도 붉은빛으로 타올랐는데, 지금은 신성한 기운이 가득한 새하얀 불길에 휩싸여 있었다.

'보기 좋군. 원래 모습이 바로 저랬겠지?'

이안은 로신 교주가 남긴 샬렌의 등불이 강렬하게 타오르는 모습을 보며 미소를 지었다.

─깨어났구나.

이안의 곁에 블란조르가 나타났다.

"어, 블란조르. 저것 좀 봐. 멋지지 않아?"

블란조르를 슬쩍 쳐다본 이안이 자랑하듯 새하얗게 타오르는 바위를 가리켰다.

─그래, 예전의 모습을 되찾은 것 같구나. 오면서 그렇게 걱정을 하더니 말이다. 수고했다.

"고마워."

─그런데 괜찮은 거냐?

"뭐가?"

이안은 블란조르를 쳐다봤다.

─지금 넌 하루 만에 깨어났다. 모두가 널 걱정하며 기다리고 있었다.

"하루 만에 깨어났다고?"

이안은 깜짝 놀라며 그때서야 주변을 제대로 확인했다.

마일스와 헬레인, 벌컨, 팔린 등 수도원 사람들이 멀찍이 떨어진 곳에서 무릎을 꿇고 기도를 하는 게 보였다.

─네가 깨어나기를 기다리던 저들이 조금 전 샬렌의 등불이 새하얗게 타오르자 감격하며, 저렇게 성호를 그리며 기도를 하기 시작했다.

"몰랐어, 그렇게 시간이 흐른 줄은."

─어떻게 된 것이냐? 바위에 손을 댄 순간부터 넌 미동도 하지 않았는데 말이다.

"그건 나중에 말해 줄게. 사람들이 기도를 마치고 일어나고 있으니까."

이안은 샬렌의 등불을 벗어나 사람들이 모여 있는 곳으로 걸어갔다.

꼬르르륵.

'확실히 하루가 지난 게 맞긴 하군. 허기가 밀려오는 것을 보니 말이야.'

몇 걸음 떼지 않아 이안은 극심한 배고픔을 느꼈다.

"영주님!"

결계 근처에서 가부좌를 틀고 앉아 있던 반언은 이안이 샬렌의 등불 보호막 밖으로 걸어 나오자마자 벌떡 일어나 이안에게 달려왔다.

잠을 자지 못한 반언의 얼굴은 푸석푸석해져 있었다.

"영주님, 몸은 괜찮으십니까?"

"피곤하긴 하지만 괜찮아. 근데 여기서 잠도 안 자고 날 기다린 거야?"

"예, 영주님. 걱정이 돼서 움직일 수가 있어야지요."

"미안해, 이렇게 긴 시간이 간 줄은 몰랐어."

이안은 반언과 함께 사람들이 모여 있는 곳으로 걸어가며 차분히 말했다.

"아닙니다, 영주님. 저야 기다린 것이 전부지만 영주님은 샬렌의 등불을 되살리기 위해 얼마나 힘드셨겠습니까? 그러니 이렇게 오랜 시간이 걸리신 것이 아니겠습니까?"

충직한 목소리로 말을 한 반언은 고개를 돌려 새하얗게 불타오르는 바위를 쳐다봤다.

샬렌교의 신자가 아닌데도 불구하고 저 하얀 빛을 마주 보면 마음이 엄숙해진다.

"축하드립니다, 영주님. 어려운 일을 해내셨습니다."

"고마워, 원로."

"어서 위로 올라가 식사 먼저 하시지요."

꼬르륵 소리를 들은 반언이 웃으며 말했다.

"그러자고. 힘을 너무 썼는지 돌이라도 씹어 먹을 수 있을 것 같아."

잠시 후, 두 사람은 기도를 마치고 자리에서 일어선 수도원 사람들과 마주했다.

마일스 원장의 노안엔 눈물자국이 역력했다. 아니, 그뿐만 아니라 많은 수도사들이 예전의 모습으로 돌아온 샬렌의 등불을 보며 감격해 눈물을 쏟아 냈다.

"오래 기다리셨습니다. 하루가 지났군요."

이안의 말에 마일스는 그 자리에서 엎드리며 외쳤다.

"성화의 주인이시여! 감사합니다!"

마일스가 이안 앞에 엎드리자, 뒤에 서 있던 다른 사람들도 일제히 부복을 하며 외쳤다.

"성화의 주인이시여! 감사합니다!"

어제보다 그 수가 늘어난 수십여 명의 결계 수도사들이 이안에게 극공의 예를 다했고, 이안은 헛기침을 하며 말했다.

"여러분들이 대를 이어 오며 수행해 온 헌신에 비할 바가 아닌 작은 힘을 보탰을 뿐입니다. 자, 다들 그만 일어나세요. 나는 과한 예를 싫어합니다."

이안의 말에 사람들이 천천히 제자리에서 일어났다.

사람들은 이안을 선망과 존경의 눈빛으로 바라보았다.

특히, 헬레인은 사람들 뒤편에 서서 남몰래 눈물을 훔치고 있었다.

이안이 샬렌의 등불 때문에 마음고생을 했었다는 것을 그녀는 잘 알고 있었기 때문이다.

그래서 그녀가 느끼는 감정은 더욱 특별했다.

사람들 뒤편에서 등을 돌리고 서 있는 헬레인을 잠시 바라보던 이안은 마일스에게 말했다.

"저만하면 예전 모습과 가까워진 것인가요?"

이안이 몸을 틀어 네 방향에 설치된 바위 중 하나를 가리켰다. 새하얗게 불타는 바위는 그 자체로 신성함이 느껴졌다.

"그렇습니다, 영주님. 로신 교주님이 남기신 그때의 모습과 흡사한 것 같습니다."

마일스는 선대들이 남긴 기록을 떠올리며 공손히 답했다.

사실 마일스는 샬렌의 등불이 이렇게 완벽에 가깝게 복원이 될 줄은 꿈에도 몰랐다.

이안을 무시해서가 아니라 샬렌의 등불을 만든 사람이 바로 고대 샬렌교 교주들 중에서도 최고의 능력자라는, 전설적인 교주 로신이었기 때문이다.

그가 남긴 샬렌의 등불을 최근에 성화가 생긴 이안이 예전의 모습으로 돌려놓는 것은 그 가능성이 극히 희박한 것이었다.

그저 더 이상 샬렌의 등불이 약해지는 것만이라도 막아 줬으면 하는 것이 마일스의 솔직한 심정이었다.

그런데 하루 만에 그 불가능할 것 같던 일이 이뤄진 것이
다.

"나머지 샬렌의 등불도 마음 같아서는 바로 손을 보고 싶
지만, 제 능력이 그에 미치지 못하는군요. 좀 쉬었다 해야겠
습니다."

이안의 말에 마일스는 당연하다는 듯 크게 고개를 끄덕였
다.

"물론입니다, 영주님. 피곤하실 텐데 어서 위로 올라가시
지요."

휘이이잉!

메마른 대지에 건조한 흙바람이 몰아쳤다.

시야가 제한된 그곳을 여섯 명의 결계 수도사들이 일렬로
걸어갔다.

주변엔 마물들의 뼈가 널려 있었고, 간혹가다 방패와 부러
진 무기들도 보였다.

묵묵히 선두에서 걷던 엘러트 수도사는 고개를 들어 멀리
시선을 뒀다.

흙먼지 바람 너머로 돌을 쌓아 만든 작은 집 한 채가 어렴

풋이 보였다.

수천 년 동안 차원의 통로를 오간 선대 수도사들이 만들어 놓은 잠자리 겸 휴식처였다.

차원의 통로엔 저것과 같은 휴식처들이 몇 군데 더 있었다.

"바위산을 넘기 전에 저곳에서 잠시 쉬었다 가세."

엘러트 수도사의 말에 뒤를 따라오던 수도사들이 고개를 끄덕였다.

얼마 후 그들은 돌집에 도착해 안으로 들어갔다.

말이 집이지 그저 바람을 어느 정도 막아 줄 만한 외벽이 사방으로 둘러쳐진 공간에 불과했다. 지붕도 없었다.

짐가방을 내려놓은 그들은 각자 편하게 앉아 수통의 물을 마시며 휴식을 취했다.

하지만 긴장을 풀지는 않았다.

마물들은 때와 장소를 가리지 않고 차원의 통로에 들어온 결계 수도사들을 공격했기 때문이다.

"마물들이 어서 나타났으면 좋겠습니다. 뜨거운 맛을 보여 주게 말입니다."

젊은 결계 수도사의 당찬 말에 휴식을 취하던 다른 결계 수도사들이 일제히 그를 쳐다봤다.

선배 수도사들이 모두 쳐다보자 젊은 결계 수도사는 얼굴을 붉히며 말했다.

"그러니까 제 말은 마물들을 없애는 것도 우리의 중요한 임무라는 뜻이었습니다."

젊은 수도사는 이번에 처음 결계 안으로 들어온 사람이었다.

"자네가 원치 않아도 가다 보면 마물들과 싸우게 될 거네. 그러니 차분하게 선배 수도사들과 행동하게. 허망하게 목숨을 잃고 싶지 않으면 말이야."

엘러트가 경고하듯 말하자 젊은 수도사는 침을 꿀꺽 삼키며 공손히 대꾸했다.

"알겠습니다, 엘러트 수도사님."

"잠깐, 저쪽에서 뭔가 나타난 것 같군. 마물들이야."

집 안에서 돌 틈 사이로 서쪽 방향을 감시하던 중년의 수도사가 말했다.

"이쪽도 마찬가지네. 한두 마리가 아니야."

돌 틈 사이로 반대편인 동쪽 방향을 주시하고 있던 수도사도 급히 말했다.

엘러트는 동료들의 말이 채 끝나기도 전에 밖으로 나와 집 주변을 빠르게 훑어봤다.

동쪽에서는 거대한 반월 도끼를 든 덩치 큰 마물들이 포효하며 미친 듯이 달려오고 있었고, 서쪽에서는 하체는 뱀의 형태를 그리고 몸통은 인간을 닮은 마물들이 입에서 하얀 냉기를 내뿜으며 바닥을 기어오고 있었다.

언뜻 봐도 수백 마리는 되어 보였다.

"이렇게 많은 마물들을 본 적이 있는가?"

뒤따라 나온 동료 수도사가 묻자 엘러트는 굳은 표정으로 고개를 가로저었다.

"본 적 없네. 아무래도 샬렌의 등불이 약해진 영향인 것 같아."

"어찌할 텐가?"

동료 수도사가 묻자 일행을 이끄는 책임자인 엘러트 수도사는 얼마 떨어지지 않은 곳에 위치한 북쪽 바위산을 가리켰다.

"일단 저곳으로 이동해 싸우세. 평지보다는 저곳에서 싸우는 게 나을 거야. 적어도 포위는 당하지 않을 테니까."

"알겠네."

"다들 덤벼! 샬렌님의 가호가 우리를 지켜 주실 것이다!"

젊은 수도사 티프넌은 몰려오는 마물들을 보고 흥분해 불의 정령술을 발휘하며 외쳤다.

티프넌과 닮은 수 미터 크기의 불의 정령이 나타나 티프넌을 도와 마물들과 싸우려는 자세를 취했다.

하지만 티프넌은 엘러트와 선배 수도사들이 북쪽 바위산을 향해 뛰기 시작하자 당황하며 외쳤다.

"어, 어디 가시는 겁니까! 마물들을 제거해야죠!"

"멍청한 짓 하지 말고 따라와! 우리는 바위산을 등지고 싸운다!"

엘러트가 소리치자 티프넌은 불의 정령을 없앤 후 서둘러 선배 수도사들의 뒤를 쫓아갔다.

'마물들이 점점 가까워지고 있어.'

뒤를 돌아보던 티프넌은 긴장감에 가슴이 터질 것만 같았다.

젊은 혈기로 마물들을 우습게 생각하며 차원의 통로에 들어왔는데, 떼거리로 몰려오는 마물들의 모습은 머리를 쭈뼛하게 만들고 있었다.

"겁먹지 마라. 효과적으로 싸우면 놈들을 물리칠 수 있다!"

선배 수도사의 말에 티프넌은 애써 용기 있는 척했다.

"겁먹지 않았습니다! 전 샬렌님을 위해 목숨을 내던질 각오가 되어 있습니다!"

"너는 결계를 지키는 중요한 사명을 띤 결계 수도사다. 죽는 것보다는 살아서 그 사명을 이어 가는 게 진짜 샬렌님을 위한 일이다."

얼굴에 수염이 가득한 선배 수도사가 웃으며 소리치자 티프넌은 부끄러워 쥐구멍에라도 들어가고 싶었다.

"죽지 않겠습니다!"

"그래, 살아야 다음 임무를 계속 이어 갈 수 있다!"

수백 마리의 마물들에게 쫓기며 바위산에 간신히 도착한

엘러트는 뒤돌아서며 외쳤다.

"모두 전투준비!"

바위산을 배경으로 두고 일렬로 늘어선 엘러트와 수도사들은 불의 정령술을 펼쳤다.

마물들을 압도하는 크기의 거대한 불의 정령들이 자신들을 소환한 주인들의 형체를 띠고 나타났다.

"티프넌, 아직 아니다! 기다려라!"

몰려오는 마물들을 향해 자신도 모르게 달려가려 했던 티프넌은 엘러트의 고함 소리에 마음을 가라앉히며 자리를 지켰다.

해일처럼 밀려오는 마물들의 기세는 대단해서 경험 많은 결계 수도사들조차도 평정심을 유지하는 것이 쉽지 않았다.

"조금만 더 기다리게. 아직 아니네."

엘러트는 마물들이 바위산으로 통하는 좁은 협곡에 꽉꽉 들어찰 때까지 기다리고 또 기다렸다.

한 번에 많은 수를 줄여 놔야 그다음 전투에서 승산이 있었다.

휘리리릭!

마물들이 던진 거대한 도끼가 엘러트의 머리 옆을 스쳐 지나갔지만 엘러트는 미동도 하지 않았다.

수백의 마물들이 서로 어깨를 부딪치며 바위산으로 통하는 좁은 협곡에 가득 들어차자, 그때서야 엘러트가 움직였다.

"지금이다!"

엘러트의 명령이 떨어지자 일렬로 늘어서 있던 결계 수도사들이 동시에 불의 정령을 움직였다.

수 미터 크기의 불의 정령들이 일제히 주먹으로 땅을 내리쳤다.

쿠쾅!

바위산으로 이어지는 좁은 협곡 일대가 순식간에 거대한 화염에 휩싸였고, 많은 마물들이 한순간에 재로 변해 먼지처럼 사라져 갔다.

여섯 명의 결계 수도사들이 힘을 합쳐 펼친 불의 정령의 화염 공격은 그 위력이 실로 대단했다.

땅속에서 올라온 화염이 가라앉자, 협곡의 모습이 드러났다.

수백의 마물들 중 대부분이 재로 변해 사라지고 살아남은 건 수십 마리도 안 됐다.

"남은 녀석들을 정리하세."

엘러트는 차가운 표정으로 검을 뽑으며 동료 수도사들에게 말했다.

"영주님, 그럼 주무십시오. 소신은 건너편 제 방으로 가겠습니다."

술잔을 비운 반언이 졸린 눈으로 말했다.

이안도 하품을 하며 고개를 끄덕였다.

"그래, 그만 가서 자. 원로도 한숨도 못 잤잖아."

저녁을 배불리 먹은 이안과 반언은 수도원에서 제공한 숙소에서 가볍게 술을 마시다가 졸음이 몰려오자 술자리를 짧게 끝냈다.

"내일 뵙겠습니다, 영주님."

"어, 내일 보자고. 수고했어, 원로."

반언이 문을 닫고 나가자 이안은 열어 놨던 창문을 닫기 위해 창가로 걸어갔다.

창가에 서서 어둠이 내려앉은 창밖을 내다보던 이안이 중얼거렸다.

"조용하군."

에렌투산맥 깊숙한 곳에 위치한 수도원의 밤은 산짐승 우는 소리만 들릴 뿐 아주 고요했다.

수도원의 불빛이 없었다면 이곳에 이런 커다란 수도원이 있다는 것을 아무도 모를 것이다.

"아까 말이야, 샬렌의 등불을 복원했다고 다들 우는데 가슴이 찡하더라고."

창문을 닫고 뒤돌아선 이안이 블란조르를 바라봤다.

"내가 제 역할을 한 것 같아서 보람도 느껴졌고."

－로신 교주도 너와 비슷한 감정을 가지지 않았겠느냐? 자신의 능력이 빛을 발했을 때 말이다.

"그랬을까?"

이안은 침대로 걸어가 걸터앉았다. 블란조르는 허공으로 떠올라 이안에게 다가가며 말했다.

－네가 오늘 한 행동은, 수도원 사람들이 수천 년 동안 지켜 오던 자긍심과 삶의 목표를 헛되지 않게 만들어 준 것이나 다름없다. 너는 네가 오늘 한 일에 대해 큰 자부심을 가져도 된다.

"나 혼자 한 게 아니었어. 누군가가 날 도운 것 같아."

－그게 무슨 말이냐, 누가 돕다니?

이안은 침대에 벌렁 누워 방 천장을 올려다봤다.

회색빛 천장에 장발을 기른 자유로운 눈빛의 사내가 그려졌다.

"실은 로신 교주가 바위 속에 심어 둔 성화의 불꽃을 보수하다가 정체를 알 수 없는 장발의 사내와 만났어."

이안은 자신이 경험했던 일들을 차분히 설명해 줬다. 성화의 불꽃을 보수한 방법과 마지막에 자신의 성화를 로신 교주가 만든 성화의 불꽃에 주입했던 일들까지.

"내 힘만으론 이렇게까지 완전한 복원이 어려웠을 거야. 평소보다 내 성화의 힘이 훨씬 강해진 것 같았거든."

－네 기분 탓이 아니고?

"내 기분 탓이 아니야. 난 그를 분명히 봤다고."

이안은 침대에서 일어나 블란조르를 쳐다봤다.

"혹시 로신 교주가 아니었을까? 그가 아니면 누가 그곳에 나타나겠냐고."

─음…… 어쩌면 그럴 수도 있겠지만, 믿어지지 않는구나. 고대에 사라진 그가 나타나 네게 힘을 불어 넣어 주다니.

"나도 믿기지가 않아. 하지만 분명 누군가가 그 자리에 있었던 건 사실이야."

똑똑.

밖에서 방문을 두드리는 소리에 이안이 말을 멈추고 침대에서 일어났다.

'누구지?'

이안은 방문을 열고 상대를 확인했다. 헬레인이 작은 바구니를 들고 서 있었다.

"주무시고 계셨으면 죄송합니다, 영주님."

"아니야, 헬레인. 이제 막 자려고 하던 참이었어. 들어와."

"감사합니다."

갈색 망토를 벗고 수도원 고유의 복장인 흰색 수도복을 입은 헬레인은 방 안으로 들어갔다.

그녀는 방을 둘러보며 말했다.

"방은 마음에 드십니까?"

"그럼, 이만하면 훌륭하지. 편히 잘 수 있는 침대도 있고."

이안은 웃으며 말했다.

하지만 이안의 말과 달리 방은 좁고 침대는 싸구려 여관방에서나 볼 법한 딱딱한 나무 침대였다.

헬레인은 이안의 과장된 행동을 보며 살짝 미소를 지었다.

"원장님께선 영주님의 숙소가 누추하다며 더 좋은 방을 마련해 드리지 못해 미안해하시고 계십니다."

"별걸 다 신경을 쓰시는군. 수도사들의 방은 다 똑같잖아. 원장님도 이런 방에서 잠을 자고. 나는 아무렇지도 않으니까, 그런 생각 마시라고 전해 드려."

"이해해 주셔서 감사합니다, 영주님."

"앉지."

이안은 조금 전 반언과 술을 마신 흔적이 남아 있는 탁자 앞 의자를 권했다.

"아닙니다, 이것만 전해 드리고 가겠습니다."

헬레인은 손에 든 작은 바구니를 탁자에 내려놓았다.

그녀는 피곤한 이안의 시간을 오래 뺏고 싶지 않았다.

"에렌투산맥에서만 자라는 약초의 뿌리입니다. 피로를 풀어 주는 데 큰 효험이 있습니다. 주무시기 전에 드시면 효과가 있을 것입니다."

"험, 뭘 또 이런 걸 가지고 왔나?"

이안은 바구니 안을 살펴봤다. 더덕처럼 생긴 것들이 담겨 있었다.

"고마워, 잘 먹을게."

이안은 헬레인이 보는 앞에서 약초의 뿌리를 우걱우걱 씹어 먹었다. 여러 날 같이 여행을 하며 가까워진 사이기에 이안은 헬레인을 격의 없이 대했다.

"헬레인도 같이 먹지?"

"아닙니다, 영주님. 저는 그 약초 뿌리를 평소 자주 먹습니다. 영주님만 드시면 됩니다."

이안은 약초 뿌리를 가지고온 헬레인의 성의를 생각해 쓴맛이 나는 약초 뿌리를 순식간에 다 먹어 치웠다.

"잘 먹었어. 힘내서 나머지 샬렌의 등불도 차례로 복원할게."

이안이 빈 바구니를 헬레인에게 건넸다.

"감사합니다, 영주님. 그럼 주무십시오."

바구니를 받아 든 헬레인은 공손히 인사를 한 후 문으로 걸어갔다.

"헬레인, 뭐 하나 물어볼 게 있어."

걸음을 멈춘 헬레인이 이안을 바라봤다.

"말씀하십시오, 영주님."

"수도원에 혹시 로신 교주님의 초상화 같은 게 남아 있나? 그분 얼굴을 확인할 만한 벽화라든지 말이야."

이안의 질문에 헬레인은 잠시 생각하다가 답했다.

"제가 알기론 없습니다."

"그렇군."

"로신 교주님의 초상화는 왜……."

"아니야, 아무것도. 그냥 궁금해서 물어본 거야."

이안은 미소를 지으며 문을 직접 열어 주었다.

"헬레인, 헬레인도 피곤해 보여. 가서 푹 쉬어."

따뜻한 말투로 말을 하는 이안의 얼굴을 잠시 바라보던 헬레인은 고개를 숙이며 말했다.

"주무십시오, 영주님."

아침이 되자 산새들이 수도원 위를 날아다니며 활기차게 울어 댔다.

잠을 푹 자고 아침에 일어난 이안은 안개가 짙게 낀 수도원 경내를 천천히 걷고 있었다.

'대체 어떻게 된 거지? 성화가 크게 성장했잖아.'

아침에 눈을 뜬 이안은 가슴속 성화가 크게 성장해 있는 것을 발견하고는 깜짝 놀랐다.

'왕성에서 악신의 진체로 변한 피에테를 소멸시켰을 때와 비슷한 수준으로 성화가 성장했어.'

어떤 징조 없이 갑자기 일어난 일이라 기쁘면서도 한편으론 왜 이런 변화가 일어났는지 의구심이 들었다.

"샬렌의 등불을 복원한 것에 대한 일종의 보상일까? 그것 외엔 이유가 없어 보이는데."

―내가 보기에도 그런 것 같다. 아무튼 축하한다. 샬렌의 종이라 칭하지 않으면서도 야금야금 성화가 잘도 성장하는구나.

"험, 비꼬지 말라고. 좋은 일을 하니 보상을 받은 거야. 세상 이치가 그런 게 아니겠어?"

―비꼬는 게 아니라 진짜 대단해서 한 말이다.

"어디 보자, 그럼 남은 샬렌의 등불도 복원을 하면 또 성화가 성장하는 거 아니야?"

이안은 흐뭇하게 웃었다. 성화가 성장해서 나쁠 것은 없었다.

"아침 먹고 당장 결계지로 내려가야겠어."

차츰 걷히는 안개를 바라보며 수도원 경내를 산책하던 이안은 발걸음을 돌려 자신의 숙소로 향했다.

얼마 후 숙소에 도착해 방문을 열고 들어가던 이안은 자신이 잠을 잔 침대를 정리하고 있는 한 아이를 발견했다.

"뭐 하는 거냐?"

"어, 영주님!"

조르엔은 침대에서 물러나 서둘러 이안에게 허리를 숙이며 인사를 했다.

"안녕히 주무셨습니까!"

"그래, 잘 잤다."

이안은 조르엔에게 다가가며 의아한 눈빛으로 물었다.

"네가 왜 내 방을 정리하고 있는 것이냐?"

"원장님의 지시입니다. 영주님이 수도원에 계시는 동안 숙소 청소와 식사를 가져다드리라고요."

"그래? 굳이 그럴 필요 없는데."

"탁자 위의 빈 술병을 치우고 술잔을 깨끗이 씻어 왔습니다. 바닥도 쓸었고요. 세수하실 물도 받아 왔습니다."

빠르게 말을 하는 조르엔을 물끄러미 바라보던 이안은 의자에 앉으며 말했다.

"고생했다. 이리 와서 앉아라."

"아, 아닙니다. 전 가서 영주님께서 드실 식사를 가지고 오겠습니다."

"괜찮으니 그쪽에 앉아라. 조금 늦게 먹는다 해서 큰일 나는 것도 아니니까."

이안이 부드럽게 말을 하자 조르엔은 조심스럽게 의자로 다가와 앉았다.

"손은 괜찮은 거냐?"

"예, 영주님. 영주님께서 주신 약이 효과가 좋아서 빠르게 나았습니다."

조르엔은 소매에 가려져 있던 자신의 손가락을 보여 줬다. 이틀밖에 안 지났지만 상처들이 거의 아물어 있었다.

"다행이구나. 여전히 상처가 난 손으로 내 방을 정리하려 했으면 널 바로 내쫓으려 했다."

농담을 한 이안은 조르엔의 복장에 시선이 갔다.

"옷이 바뀌었구나."

"예, 영주님. 원장님이 흰색 수도복을 주셨습니다. 저도 에렌투 수도원의 정식 일원이 됐습니다."

밝은 목소리로 말을 한 조르엔은 자리에서 일어나 이안에게 꾸벅 고개를 숙였다.

"고맙습니다, 영주님."

"내게 왜 고마워하는 것이냐?"

"원장님께 들었습니다. 영주님께서 절 위해 좋은 말씀을 해 주셨다고요. 정말 감사합니다. 엘러트 수도사님이 돌아오시면 이 흰색 수도복을 자랑할 것입니다."

씩씩하게 말을 하는 조르엔의 모습에 이안은 절로 미소가 그려졌다.

"그래, 잘 어울린다."

"더 하실 말씀이 없으면 얼른 식사를 가지고 오겠습니다."

"험, 꼬맹아, 올 때 내 것도 준비해 오거라."

언제 들어왔는지 반언이 조르엔의 뒤에서 넌지시 말을 했다.

"할아버지 식사도요?"

"그래. 나는 영주님의 가신이다. 영주님은 혼자 식사하시는 걸 싫어하시니, 내 식사도 가지고 오는 것이 네가 할 일이 란다. 알겠느냐?"

반언은 태연히 거짓말을 했고 조르엔은 반신반의하면서도 이안의 가신이라는 말에 수긍을 했다.

"알겠습니다."

조르엔이 방을 뛰어나가자 반언은 문을 닫으며 껄껄 웃었 다.

"영주님, 저 녀석이 보기보다 순진합니다. 뻔한 거짓말에 속아 넘어가다니요."

"짓궂기는."

이안은 피식 웃으며 물을 따라 마셨다.

"그런데 아침부터 어딜 다녀오신 겁니까? 아까 방에 와 봤 더니 안 계시던데요."

"산책 좀 했어, 좋은 일이 있었거든."

"무슨 좋은 일 말입니까?"

반언이 의자에 앉으며 물었다.

이안은 품 안에서 고대 샬렌교 경전을 꺼내며 답했다.

"샬렌의 등불을 복원한 일 때문인지 몰라도 자고 일어났더 니 성화가 크게 늘었어. 원로에게도 말했듯이 성화는 내 의 지로 성장시킬 수 있는 게 아니거든."

"오, 그런 일이 있었군요! 정말 잘됐습니다."

반언은 자신의 일처럼 기뻐했다.

성화의 힘을 무기로 사용하면 그것처럼 무서운 게 없다는 것을 반언은 알고 있었다.

다시 말하면 이안이 더 강해지고 있는 것이다.

"아침 먹고 바로 결계지로 가려고. 성화를 키워 줬는데, 농땡이를 피울 수는 없지."

이안은 샬렌의 경전을 펼쳐 그곳에 시선을 두며 말했다.

"알겠습니다, 영주님. 저도 준비를 하겠습니다."

"원로는 따라오지 마. 괜히 지루하게 기다릴 필요 없잖아."

"아닙니다. 영주님이 힘을 쓰시는데 제가 어떻게 편히 쉬고 있겠습니까? 저도 가겠습니다."

반언의 뜻이 확고해 보이자 이안은 고개를 끄덕였다.

"알았어, 같이 가자고."

"여기 있는 건 더 심하게 손상이 되어 있군."

두 번째 샬렌의 등불로 들어온 이안은 허공에 떠 있는 거대한 성화의 불꽃을 올려다봤다.

거북이 등처럼 심하게 틈이 벌어져 있었고, 새어 나오는 성화의 기운도 많았다.

하지만 성화의 힘이 강해진 이안은 오히려 첫 번째 샬렌의 등불보다 더 빨리 보수를 할 수 있을 것 같았다.

"시작해 볼까?"

허공으로 떠오른 이안은 자신의 손에 성화의 기운을 모아 로신 교주가 남긴 성화의 불꽃을 보수하기 시작했다.

'오늘은 안 나타나나?'

이안은 보수를 하면서 주변을 힐끔힐끔 쳐다봤다.

하지만 아무리 살펴봐도 장발의 사내는 보이지 않았다.

신경이 분산되면서 작업이 늦어지자 이안은 눈앞의 일에 집중했다.

치이이익!

손상 부위에 이안의 손이 지나갈 때마다 빠르게 틈이 메워졌다.

'한번 해 본 일이라고 이것도 숙련이 되는군.'

이안은 피식 웃으며 또 다른 손상 부위로 이동했다.

복구 작업은 처음보다 수월했고, 속도도 붙어서 어느새 일부만 남게 되었다.

'쉬었다 하자.'

바닥으로 내려온 이안은 바닥에 큰대자로 누워 숨을 헐떡였다.

일이 수월해졌다고 해서 몸과 정신이 힘들지 않은 것은 아니었다.

손상된 부위를 보수한 만큼 피로도가 쌓였다.

다만, 보수하는 속도가 빨라졌을 뿐이었다.

"아이고 죽겠네. 이러다 샬렌의 등불을 못 살리는 건 아닌지 몰라."

한껏 엄살을 부리며 일어서던 이안은 주위를 슬며시 돌아봤다. 기척도 없었고, 아주 조용했다.

입맛을 다신 이안은 허공으로 떠올라 나머지 손상된 부분을 용접하듯이 자신의 손으로 성화를 일으켜 메워 갔다.

일을 할 때만큼은 이안은 정신을 집중했고, 얼마 후 성화의 불꽃을 좀먹던 틈들이 모두 사라지게 됐다.

'됐어, 아주 말끔해졌군.'

진지한 눈빛으로 꼼꼼히 성화의 불꽃을 살펴보던 이안은 미소를 지으며 바닥으로 내려왔다.

이제 약해진 성화의 불꽃에 자신의 기운을 불어 넣어 주면 된다.

'어떻게 될지 모르겠군. 어제 복원한 샬렌의 등불과 달리 이번 등불은 손상 부위가 많아서 내부의 힘이 많이 빠져나간 상태야. 완전한 복원이 어려울 수도 있어.'

숨을 돌리며 지친 몸을 잠시 추스른 이안은 거대한 성화의 불꽃에 다가가 자신의 손바닥을 붙였다.

'최선을 다하는 수밖에. 그나마 내 성화의 힘이 어제보다 더 강해져서 다행이야.'

마음을 하나로 모은 이안이 전력을 다해 로신 교주가 남긴 성화의 불꽃에 성화를 주입하기 시작했다.

우우우웅!

이안이 주입한 성화의 힘을 거부하지 않고 받아들인 거대한 성화의 불꽃이 들썩이며 점점 더 밝아졌다.

하지만 어제와 같은 변화는 이뤄지지 않았다.

구슬땀을 흘리며 성화를 주입하던 이안은 힘이 부쳤는지 뒤를 돌아봤다.

어제 자신을 도왔던 장발의 사내는 여전히 보이지 않았다.

'정말 내가 환상을 본 건가?'

이를 악문 이안은 다시 고개를 돌려 성화의 불꽃을 뚫어지게 응시했다.

"그래, 끝까지 가 보자! 완벽히 복원이 안 되면 어때! 으아아아!"

결의를 다지며 전력을 다하는 이안의 온몸에서 황금빛을 넘어 새하얀 빛이 뿜어져 나오기 시작했다.

우우우웅!

거대한 성화의 불꽃도 그것에 영향을 받았는지 점차 새하얗게 불타오르기 시작했다.

어느새 성화의 불꽃과 이안은 한 덩어리가 된 채 같이 불타올랐다.

'으으으, 조금만 더!'

이제 막 성화의 불꽃이 예전의 모습으로 복원되려 했지만,

아쉽게도 이안의 힘도 바닥이 나려 했다.

'지금이 아니면 언제 또다시 기회가 올지 몰라.'

부들부들 떨리는 팔로 끝까지 버티며 성화의 힘을 쥐어짜던 이안은 별안간 등을 통해 노도와 같은 기운이 휘몰아쳐 들어오자 눈이 커졌다.

깜짝 놀란 이안은 고개를 돌려 뒤를 돌아봤다.

어제 본 장발의 사내가 이안의 등에 손을 대고 서 있었다.

힘의 근원지는 바로 장발의 사내였던 것이다.

"힘을 내라."

장발의 사내는 어제와 같은 말을 반복했다.

이안은 장발의 사내가 또 바로 사라질 것 같아 급히 물었다.

"대체 당신은 누구십니까! 로신 교주님입니까!"

장발의 사내는 이안의 질문에 옅은 미소를 지었다.

"내 말을 이해하고 있군요."

"정신을 집중해라. 내 기운은 곧 사라질 것이다."

사내의 경고에 이안은 고개를 끄덕이며 하던 일에 집중을 했고, 잠시 후 성화의 불꽃 전체가 새하얗게 타올랐다.

고오오오!

눈이 부실 정도로 찬란하게 타오르는 새하얀 불꽃을 보며 이안은 크게 기뻐하며 팔을 밑으로 내렸다.

'됐다, 샬렌의 등불이 복원됐어.'

갑질하는 영주님

몸은 버틸 수 없을 만큼 힘들었지만 마음만은 한없이 가벼웠다.

"감사합니다, 도움을 받아 성공했습니다."

이안은 몸을 돌려 장발의 사내에게 말했다.

장발의 사내는 몇 미터 떨어진 곳에 서서 새하얗게 타오르는 성화의 불꽃을 깊은 눈빛으로 바라보고 있었다.

"고마워해야 할 건 네가 아니라 나다. 수고했다."

이안에게 사의를 표한 장발의 사내가 몸을 돌려 성화의 불꽃이 밝히지 못하는 어둠 속으로 걸어가자, 이안이 급히 소리쳐 물었다.

"잠깐만요! 로신 교주님이 맞습니까?"

이안의 질문에도 장발의 사내는 끝끝내 대답하지 않고 어둠 속으로 사라져 갔다.

멍하니 장발 사내가 사라진 공간을 바라보던 이안은 제자리에 주저앉더니 아예 큰대자로 드러누웠다.

"역시 환상이 아니었어."

장발의 사내가 다시 나타나 도움을 주고 사라지자 이안은 어제 자신이 본 게 헛것이 아님을 확인할 수 있었다.

"그는 정말 로신 교주일까?"

느낌은 그랬지만 본인이 이렇다 할 답을 안 해 주니 단정지을 수도 없었다.

"다시 만나면 꼭 대답을 들어야겠어."

복원해야 할 두 개의 샬렌의 등불이 더 남아 있었다. 이안은 장발의 사내가 다시 자신의 앞에 나타나리라고 예상했다.

"어찌 됐건 그와 힘을 합해 샬렌의 등불을 또 하나 복원하는 데 성공했군."

이안의 입가에 짙은 미소가 어렸다.

에뉴딘 대영주의 침실과 연결된 긴 복도엔 무거운 침묵만이 감돌았다.

몇 달째 병마와 싸우며 어렵게 버티던 에뉴딘이 마지막 생명의 불꽃을 불태우고 있었기 때문이다.

치료사들은 에뉴딘이 오늘 밤을 넘기지 못할 거라며 일찌감치 예견을 한 상태였다.

"하아, 하아."

가쁜 숨을 몰아쉬던 에뉴딘은 옆으로 고개를 돌려 침실 내부를 바라봤다.

시력을 잃어 방 안에 누가 와 있는지 보이지 않았다.

"브, 브래디, 그곳에 있느냐?"

"형님, 저 여기 있습니다."

브래디가 침대로 다가와 에뉴딘의 앙상한 손을 붙잡아 주었다.

"방 안에 누가 있느냐?"

"형님의 세 아들과 저밖에 없습니다."

"그래, 잘했구나. 이렇게 볼품없이 죽어 가는 모습을 다른 누구에게도 보이고 싶지 않다."

벨로린 왕국의 한 축을 이루며 왕좌를 다투던 에뉴딘의 말로는 심히 비참하기 이를 데 없었다.

두 다리는 썩어서 잘라 냈고, 거동을 할 수가 없어 대소변을 다른 사람에게 의지해야 했다.

자존심 강한 대영주 에뉴딘으로서는 수치스럽기 이를 데 없는 상황이었다.

"시, 신선한 공기가 그립구나. 창문을 열어라."

"……예, 형님."

브래디가 뒤를 돌아보자 방 안에 있던 에뉴딘의 장남 시니아스가 직접 걸어가 창문을 활짝 열었다.

겨울 찬 공기가 방 안으로 밀려들어 오며 퀴퀴한 냄새를 쓸어 갔다.

"죽음 앞에서 미련이 남지 않는 사람이 없겠지만, 인생의 말로가 참으로 허망하구나."

에뉴딘이 한탄하듯 말을 하자 곁에서 듣고 있던 그의 세 아들들이 눈물을 흘렸다. 부친을 깊이 존경하고 사랑하던 그들의 가슴은 찢어질 것만 같았다.

"형님은 가문을 더욱 부흥시키신 분이십니다. 결코 헛된

인생이 아니었습니다."

브래디가 위로를 하자 에뉴딘은 격렬하게 기침을 한 후, 씁쓸하게 말했다.

"그래, 이만하면 잘 살다 가는 것이겠지?"

"물론입니다, 형님."

"고맙구나, 동생아. 네가 옆에 없었다면 난 아무것도 이루지 못했을 것이다."

"전 형님의 말씀을 따른 것밖에 없습니다."

"겸손한 녀석, 마지막까지 날 위하는구나."

에뉴딘은 동생의 손을 힘주어 한번 붙잡더니 숨을 가쁘게 몰아쉬었다.

"하아, 하아, 시니아스, 하델, 레버스. 모두 가까이 오너라."

자식들 이름을 한 명씩 부른 에뉴딘은 그들이 다가오자 말했다.

"시니아스가 내 뒤를 이를 것이다. 하델, 레버스 너희 둘은 숙부가 내게 했듯 시니아스를 도와야 할 것이다. 알겠느냐?"

"알겠습니다, 아버지. 걱정 마십시오."

하델과 레버스는 모두 용맹하기 그지없는 인물들로, 형제간의 우애 또한 깊어서 굳이 에뉴딘의 당부가 없더라도 그들은 시니아스를 배신할 인물들이 아니었다.

그것을 에뉴딘 또한 알고 있었고 다시 한번 강조를 한 것에 불과했다.

"시니아스."

"예, 아버지."

시니아스는 브래디가 한쪽으로 비켜서자 부친의 손을 붙잡으며 답했다.

가쁜 숨을 몰아쉬던 에뉴딘이 힘겹게 입을 열었다.

"대영주가 되었다 해서 함부로 행동해선 안 된다. 가문은 너만의 것이 아니다. 너를 따르는 가신들이 있기에 우리 가문이 존재하는 것이다. 큰 결정을 할 땐 가신들의 의견에 귀를 기울여라. 특히, 브래디 숙부의 말을 경청해야 한다. 알겠느냐?"

"명심하겠습니다, 아버지."

믿음직스러운 아들의 말에 에뉴딘은 마음이 놓인 듯 길게 숨을 한번 내뱉었다.

"이제 모든 것을 놓고 갈 수 있겠구나."

그 말을 끝으로 에뉴딘은 고통스러웠던 마지막 삶의 끈을 놓았다.

"아버지!"

부친의 죽음에 시니아스와 형제들은 그 자리에 주저앉으며 크게 슬퍼했고, 브래디는 두 손으로 얼굴을 가리며 눈물을 쏟아 냈다.

"흐흐흑, 형님!"

에뉴딘과 남달리 우애가 강했던 브래디는 형의 죽음을 담담히 맞이하기 위해 그동안 감정을 수없이 억제해 왔다.

그것이 일시에 터지자 브래디의 눈에선 주체할 수 없는 눈물이 흘러내렸다.

"숙부님."

시니아스가 다가오자 브래디는 울먹이는 목소리로 말했다.

"이제 자네가 대영주네."

브래디가 한쪽 무릎을 꿇고 머리를 숙였다. 그의 눈에선 여전히 눈물이 멈추지 않고 있었다.

"숙부님, 괜찮으십니까?"

"괜찮습니다. 밖으로 나가 신하들에게 형님의 임종을 알리겠습니다."

조카인 시니아스에게 존대를 한 브래디는 흔들리는 발걸음으로 침실 밖으로 향했다.

그가 문을 닫고 나가자 시니아스는 침대로 다가가 숨을 거둔 에뉴딘을 내려다봤다.

한동안 말이 없던 그가 무겁게 입을 열었다.

"아버지의 못다 한 꿈을 저희 형제들이 이뤄 드리겠습니다. 지켜봐 주십시오."

시니아스는 이날 밤 바로 주요 신하들이 모인 가운데 대영주직에 올랐고, 부친의 장례식을 성대하게 치르기로 결정했다.

가문과 우호적인 영주들에게 장례식 초대장을 보내게 한 시니아스는 한 장의 초대장만큼은 친필로 직접 적어서 보내고자 했다.

수신인은 바로 이안 알베른이었다.

"형님, 이안 영주는 세일라 고모와 전쟁을 치른 자입니다. 아버지 장례식에 오겠습니까?"

시니아스는 밀봉된 초대장을 탁자에 내려놓으며 고개를 들어 하델과 그 옆에 앉아 있는 막냇동생 레버스를 바라봤다.

"롤만과의 전쟁에서 승리하기 위해선 절대 이안 영주와 척을 져선 안 된다. 친구가 되도록 노력해야 해. 설령 세일라 고모를 버리는 한이 있더라도 말이다."

시니아스가 냉정하게 말했다.

"맞는 말씀이지만 롤만과 자주 어울리는 것을 보면 이미 그쪽으로 마음이 기운 게 아닌지 모르겠습니다."

하델이 차가운 눈빛으로 말하자, 시니아스는 고개를 가로저었다.

"속단하지 마라. 아무튼 초대장을 보낼 테니 그렇게 알고 있어라."

"예, 형님. 그런데 브래디 숙부는 어떻게 하실 겁니까? 우리가 전쟁을 생각하고 있다는 것을 모르고 계시는데요."

"걱정 마라, 숙부님은 내 지시를 따르게 되어 있으니까."

시니아스는 이안에게 보낼 장례식 초대장을 들고 자리에서 일어났다.

차원의 통로

"샬렌의 등불을 복원하시느라 피곤하셨을 텐데, 이렇게 시간 내주셔서 감사합니다. 저희들은 그만 물러가겠습니다, 영주님."

나이 지긋한 노수도사들이 공손히 말하자 이안은 담담히 미소를 지었다.

"별말씀을요."

두 번째 샬렌의 등불을 한나절 만에 복원하는 데 성공한 이안은 저녁을 먹고 쉬고 있었다.

그런데 갑자기 10여 명의 노수도사들이 성화의 주인에게 인사를 드리겠다며 찾아온 것이다.

마일스 원장보다 선배 수도사들인 그들은 대부분 몸이 불편해 거동이 자유롭지 못한 사람들이었다.

차원의 통로에서 중상을 입어 팔다리를 잃은 결계 수도사들도 있었고, 치매를 앓고 있는 노인들도 있었다.

이안은 기꺼이 그들을 맞이해서 성심성의껏 응대해 주며 성화도 보여 주었다.

"샬렌님의 거룩한 축복이 영주님께 함께하기를 기원하겠습니다."

"여러분들께도 샬렌님의 축복이 함께하길 바랍니다."

노수도사들은 이안에게 공손히 허리를 숙여 인사를 한 후, 서로를 부축하며 차례로 방을 나갔다.

한평생을 에렌투 수도원에서 지내며 소명을 다하다 삶의 마지막을 준비하는 저들의 모습은 일면 숭고해 보이기까지 했다.

복도에서 그들의 뒷모습을 잠시 바라보던 이안은 마일스 원장에게로 시선을 돌렸다.

그는 방으로 들어오지 않고 문 앞 복도에서 기다린 것 같았다.

"죄송합니다, 영주님. 나중에 영주님을 소개해 준다고 했는데, 노수도사들이 참지 못하고 이렇게 찾아왔습니다. 수도사들을 통제하지 못한 일에 대해 사죄의 말씀을 드립니다."

마일스는 정중히 사과를 했다

샬렌의 등불을 복원하는 데 집중해야 할 이안을 방해하지 않기 위해 마일스는 여러모로 마음을 쓰고 있었다.

조르엔을 이안의 숙소에 배치한 것도 그런 까닭이었다.

"저는 괜찮습니다. 잠시 시간을 내어 수도원 사람을 만나는 것이 불편할 정도면 제가 이곳에 있을 자격이 없지요. 앞으로도 절 만나고 싶은 사람이 있다면 기꺼이 만나겠습니다."

"마음이 정말 바다처럼 넓으시군요."

마일스는 이안의 너그러운 마음 씀씀이에 미소를 지었다.

'이런 분이 교주가 된다면 샬렌교는 세상 사람들로부터 더욱 크게 인정을 받을 텐데.'

성화를 가진 것을 떠나 인격적으로도 이안은 훌륭해 보였다.

마일스는 들고 있던 오래된 고서를 이안에게 건네며 말했다.

"어제 로신 교주님의 초상화가 있냐고 헬레인 수도사에게 물으셨다고 들었습니다."

"예, 그런 적이 있습니다만…… 이건 무슨 책입니까?"

이안은 책을 받으며 의아한 눈빛으로 물었다.

"우리 수도원의 초기 역사가 담긴 수도원의 기록물입니다."

"수도원 기록물요?"

"네. 이 책 서두에 로신 교주님과 관련된 일화가 조금 기록이 되어 있습니다. 차원의 균열에 결계를 치신 일들도 바로 여기에 기록이 되어 있지요."

"그렇군요. 귀중한 책입니다."

이안은 새삼스러운 시선으로 마일스가 건네준 책을 내려다봤다.

마일스는 책에 관심을 두는 이안에게 차분히 말했다.

"비록 로신 교주님의 초상화는 남아 있지 않지만, 책을 통해서 그분의 행적을 보다 자세히 아실 수 있을 것입니다. 로신 교주님에 대해 궁금해하시는 것 같아서 가지고 왔으니 참고하실 부분이 있으면 참고하십시오."

"감사합니다. 그냥 궁금해서 헬레인에게 물어본 건데, 이렇게까지 신경 써 주실 줄은 몰랐습니다. 꼭 한번 읽어 보겠습니다."

책에 흥미를 느낀 이안은 마일스에게 고마워했다.

"필요한 게 있으시면 뭐든 말씀해 주십시오. 그럼, 내일 뵙겠습니다."

마일스가 떠나자 이안은 복도 건너편 방문을 열고 들어갔다.

반언이 조르엔과 함께 체스를 두고 있었다. 아니, 정확히 말하자면 반언이 조르엔에게 체스를 가르치고 있었다.

"너 정말 똑똑하구나, 체스 두는 법을 금세 익히다니 말이야."

"고맙습니다."

조르엔은 반언의 칭찬에 쑥스러운 듯 머리를 긁적였다. 문을 등지고 앉아 있는 조르엔은 이안이 들어온 것을 모르고 있었다.

반언은 이안과 잠시 시선을 마주 치고는 체스를 더 이상 두지 않고 말했다.

"꼬맹아, 갈 곳이 없어 이 수도원에 정착을 하려는 것이라면 날 따라 알베른으로 가는 게 어떠냐?"

"네에? 알베른요?"

"그래, 내가 보기엔 넌 이 수도원과 어울리지 않는다. 천성이 밝고 유쾌해서 머지않아 이 수도원이 답답하게 느껴질 것이다. 그땐 후회해도 늦는다."

반언은 놀란 눈으로 눈을 껌뻑거리고 있는 조르엔에게 몸을 숙이며 은근히 말했다.

"내 제자가 되어라. 나로 말할 것 같으면 이르카 왕국의 3대 명장으로 이름을 날리던 사람이다."

"제자요?"

다시 한번 놀란 조르엔은 반언의 얼굴을 멍하니 바라보다가 고개를 가로저었다.

"말씀은 감사하지만 전 엘러트 수도사님과 약속을 했습니다. 이곳의 수도사가 되기로요. 저는 배신을 하고 싶지 않습니다."

"배, 배신? 커험."

반언은 크게 헛기침을 하며 민망한 눈빛으로 자리에서 일어났고, 지켜보던 이안은 웃음을 터트렸다.

이안의 웃음소리에 뒤를 돌아본 조르엔은 서둘러 허리를 숙였다.

"오셨습니까, 영주님."

"오늘 네가 할 일은 끝난 것 같구나, 그만 가서 쉬어라. 수고했다."

"예, 영주님. 안녕히 주무십시오."

조르엔은 방을 나가기 전에 반언을 향한 인사도 빼놓지 않았다.

"할아버지, 체스를 알려 주셔서 감사합니다."

"험, 그래. 잘 자거라."

배신이라는 말에 충격을 받았는지 반언은 어색한 표정으로 고개를 끄덕였다.

조르엔이 방을 나가자 이안은 반언을 향해 혀를 찼다.

"장난도 정도껏 쳐야지. 애가 놀랐잖아."

"장난이 아닙니다. 전 정말 조르엔을 제자로 삼아 알베른으로 데리고 갈 생각이었습니다."

"장난이 아니라고?"

"예, 밀레아너스 형님이 재무관을 가르치는 것을 보고 저도 전부터 제자를 들여야겠다고 생각했습니다."

반언의 진지한 말투에 이안은 웃음기를 지우며 조르엔이 앉았던 의자에 앉았다.

탁자 위에 조르엔과 반언이 두던 체스판과 체스 말들이 보였다.

이 체스판과 말들은 이안이 마법 주머니에 가지고 다니던 것들 중 하나였다.

"그럼 가까운 곳에서 제잣감을 찾든지 해야지 왜 수도원 사람을 흔들고 그래, 원로답지 않게."

"저 아이는 수도원이 아니라 세상에 나갔을 때 빛을 발할 재목입니다. 저는 그것을 체스를 가르치며 알아봤습니다."

반언은 첫눈에 조르엔이 마음에 든 것 같았다.

"원로 뜻은 알겠지만 그것을 강제할 수는 없는 거야. 조르엔이 아무리 마음에 들어도 말이야."

"물론입니다. 저도 강제로 데리고 갈 생각은 없습니다. 어디까지나 선택은 본인이 하는 것이니까요."

반언은 아쉬움이 느껴지는 목소리로 대꾸했다. 엘러트를 배신할 수 없다고 말하는 조르엔의 곧은 성정까지도 반언은 마음에 들었다.

"그런데 그 책은 뭡니까?"

반언이 책에 시선을 두자 이안은 의자에서 일어서며 말했다.

"수도원 초기 역사가 담긴 기록물이야. 마일스 원장이 주고 갔어."

"네에."

"원로와 술을 마시려 했는데, 오늘은 이 책을 읽어 봐야 할 것 같아. 미안해, 원로."

"아닙니다, 영주님. 전 괜찮습니다."

반언의 방을 나선 이안은 자신의 방으로 돌아와 책을 펼쳤다.

블란조르도 로신 교주의 이야기가 궁금했는지 옆에서 함께 책을 내려다봤다.

"로신 교주는 상인의 아들이었군."

―그의 출생 내력은 나도 이번에 처음 알게 됐다.

두 사람은 책 서두에 기록된 로신 교주의 이야기에 깊이 빠져 들어갔다. 어디서도 들을 수 없었던 로신 교주의 생생한 이야기였다.

"여기 결계를 치기 전, 차원의 통로에 들어가서 마물들과 싸운 이야기도 있어."

이안이 눈을 빛내며 말했다.

"샬렌님이 보호해 주시는 한 난 결코 지지 않는다!"

마물들에게 둘러싸여 싸우던 젊은 결계 수도사 티프넌이

검으로 마물을 베었다.

마물이 괴성을 지르며 바닥에 쓰러졌다.

"하아, 하아."

거친 숨을 몰아쉬던 티프넌은 옆에서 덤비는 마물의 도끼를 검으로 막아 낸 후, 한쪽 손을 앞으로 내밀었다.

붉은 섬광과 함께 곰만 한 덩치의 마물이 불타오르며 뒤로 튕겨져 날아갔다.

그러나 그 자리에 또 다른 마물들이 자리를 메우며 티프넌을 공격했다.

'어서 포위망을 뚫어야 하는데.'

티프넌은 치열하게 싸우며 주변을 둘러봤다.

그를 포함해 여섯 명의 결계 수도사들이 셀 수 없이 많은 마물들에 포위된 채 악전고투를 이어 가고 있었다.

불의 정령들의 도움을 받으며 싸우고 있었지만, 계속된 공격에 불의 정령들도 전투력이 약화되고 있었다.

'이런!'

하체가 뱀의 형태를 띤 마물이 입에서 내뿜은 냉기에 적중당한 티프넌의 한쪽 다리가 순간 얼어붙었다.

잠시 방심한 틈에 벌어진 일이다.

"빌어먹을!"

중심을 잃고 넘어진 티프넌을 향해 마물들이 득달같이 달려들었다.

티프넌이 위기에 처한 그때, 엘러트가 바람처럼 나타나 검을 넓게 휘둘렀다.

화르르르르.

엘러트의 검이 지나간 자리에 있던 10여 마리의 마물들이 불길에 휩싸이며 쓰러졌다.

"정신 차려!"

"고, 고맙습니다, 엘러트 수도사님."

티프넌은 마물에게 당했던 언 다리를 불의 기운으로 재빨리 녹이고 서둘러 일어나 싸움을 재개했다.

"모두 모이게!"

엘러트 수도사가 고함을 치자 근처에서 싸우던 결계 수도사들이 마물들을 밀어붙여 물러나게 하며 엘러트에게 모여들었다.

동료들이 모이자 엘러트는 기운을 끌어올려 들고 있던 검을 바닥에 내리꽂았다.

콰앙!

번쩍이는 빛이 사방으로 뻗어 나가 주변에 있던 수십 마리의 마물들을 일시에 잿더미로 만들어 버렸다.

우우우우웅!

땅바닥에 꽂힌 엘러트의 검으로부터 번쩍이는 빛이 계속 뿜어져 나왔고, 마물들은 가까이 접근하지 못하고 일정하게 거리를 둔 채 주위를 맴돌기만 했다.

잠시 숨 돌릴 시간을 번 엘러트는 동료 수도사들에게 말했다.

"아무래도 안 되겠네. 마물들의 수가 너무 많아서 포위망을 뚫는 게 쉽지 않을 것 같네. 설령 포위망을 뚫어도 얼마 못 가 이들에게 다시 발이 묶일 거야."

"그럼 어쩌잔 말인가? 거대 마물이 출몰한 사실을 수도원에 알려 대비토록 해야 하는데."

얼굴에 수염이 가득한 결계 수도사가 근심 가득한 눈빛으로 북쪽 먼 곳을 응시하며 말했다.

차원의 통로 안쪽에 위치한 결계의 상황을 살펴보기 위해 가던 그들은 거대 마물들이 남쪽으로 내려오고 있는 것을 중간에 발견했다.

산만 한 덩치의 거대 마물들이 움직일 때마다 지축이 흔들릴 정도였다.

이들은 자신들이 감당할 수준이 아님을 인지하고 즉시 이 사실을 수도원에 알리기 위해 복귀하는 중이었다.

하지만 돌아가던 도중 셀 수 없이 많은 마물들이 그들을 포위해, 끊임없이 공격을 하며 놓아주지 않고 있었다.

"우리가 힘을 합하면 한 명 정도는 수도원으로 복귀시킬 수 있을 것이네. 그러자면 나머지의 희생이 필요해."

엘러트의 말에 결계 수도사들이 주저 않고 답했다.

"동의하네. 그렇게 하세."

"저도 동의합니다."

티프넌도 선배 수도사들처럼 비장한 눈빛으로 말했다.

"알겠네. 그럼 내가 수도원으로 갈 사람을 선택하겠네. 이해해 주게."

"그냥 자네가 가면 안 되겠나? 우리들 중 자네가 제일 강하니 돌아갈 확률도 높을 텐데."

"나도 그렇게 생각하네."

수도사들이 엘러트를 추천했다. 하지만 엘러트는 주위를 맴도는 마물들의 흉포한 눈동자를 노려보며 대꾸했다.

"나는 여기서 계속 싸워야 하네. 다른 사람이 가는 게 좋아. 시간이 없으니 바로 결정하겠네."

엘러트는 옆에 서 있는 티프넌의 어깨를 손으로 짚었다.

"수도원에 복귀하는 건 티프넌이네. 나이는 어리지만 실력이 뛰어나고 마물들을 피해 도망갈 때도 젊어서 체력이 뒷받침될 거네."

"하하하, 그것도 괜찮은 생각이네!"

수도사들이 티프넌을 바라보며 껄껄 웃어 댔다.

당황한 티프넌은 인정할 수 없다는 듯 소리쳤다.

"그럴 수 없습니다! 전 여기 남겠습니다!"

"결정됐다. 시간이 없으니 그대로 따르도록 해."

엘러트는 엄한 목소리로 티프넌에게 말했다.

"하지만!"

"감정에 동요되지 말고 냉정히 상황을 판단해라. 다른 수도사들은 한두 군데씩 부상을 입었다. 오로지 너만 부상을 입지 않고 마음껏 움직일 수 있어."

엘러트는 자신의 검에서 뿜어져 나오는 빛이 약해지려 하자 검 손잡이에 손을 얹으며 말을 이어 갔다.

"우리들은 이곳에서 최선을 다해 싸우겠다. 길을 뚫어 줄 테니, 넌 있는 힘껏 수도원으로 복귀해 이곳의 상황을 알려라."

'엘러트 수도사님은 언제 돌아오시는 걸까?'

음식이 든 바구니를 들고 계단을 오르던 조르엔은 어젯밤에 꾼 불길한 꿈 때문에 마음이 편치 않았다.

시커먼 구름이 나타나 엘러트 수도사를 땅속으로 끌고 들어가는 흉몽이었다.

'원장님은 왜 엘러트 수도사님이 어딜 가셨는지 말씀해 주시지 않는 걸까? 대체 그 회색 건물은 뭐 하는 곳이고.'

수도원 복장을 지급받을 때 마일스 원장에게 물어봤지만 그는 '나중에 차차 알게 될 것이다.'라는 말을 끝으로 더 이상의 질문은 허락하지 않았다.

'우리 수도원엔 비밀이 많은 것 같아.'

조르엔이 나이는 어렸지만 세상 물정을 아예 모르진 않았다.

에렌투 수도원은 보통의 수도원과는 크게 달랐다.

계단을 벗어나 복도를 걷던 조르엔은 문을 열고 나오는 반언과 마주쳤다.

"어, 꼬맹이 왔냐?"

"안녕히 주무셨어요?"

"그래, 배고팠는데 잘됐다. 때맞춰 아침을 가지고 왔구나."

"네, 어제 음식이 부족하다고 하셔서, 오늘은 많이 가져왔습니다."

조르엔은 커다란 바구니를 들어 보였다.

"잘했다. 한데 얼굴이 왜 그러냐?"

"제 얼굴이 왜요? 아까 세수를 했는데요."

조르엔은 혹시 눈에 눈곱이라도 끼었나 해서 한 손으로 눈을 얼른 비볐다.

"그게 아니라 낯빛이 어둡고 눈 밑에 커다란 근심 덩어리가 매달려 있어서 하는 말이다. 무슨 일 있었던 거냐?"

"아니에요. 아무 일도 없었어요."

조르엔은 일부러 활기차게 대답을 했다.

"흠, 그래?"

반언은 턱을 매만지다가 조르엔에게 담담히 말했다.

갑질하는 영주님

"어제 내가 한 말 때문에 신경이 쓰여 그런 거라면 내가 사과하마. 넌 네가 원하는 대로 해도 된다."

"아, 아니에요, 할아버지. 절대 그런 거 아니에요."

반언이 오해를 하는 것 같자 조르엔은 다급히 말했다.

"험, 그래? 그럼 다행이구나. 어서 들어가자."

두 사람은 이안의 방문을 두드리고 안으로 들어갔다.

바닥에 가부좌를 틀고 앉아 아침 명상을 하던 이안이 두 눈을 뜨자 범접할 수 없는 강한 눈빛이 순간적으로 뿜어져 나왔다.

조르엔은 그 눈빛에 놀라 멍하니 서 있다가 이안의 눈빛이 찰나간에 다시 부드러워지자 그때서야 길게 숨을 뱉어 냈다.

'깜짝 놀랐어. 영주님에게서 저런 눈빛이 나오다니.'

아침에 이안이 산책을 하는 동안 방 정리를 했던 조르엔은 서둘러 탁자에 아침 식사를 차리기 시작했다.

"영주님, 오늘 아침은 고기도 준비되어 있습니다. 저는 수도원에 와서 한 번도 먹어 보지 못한 고기인데, 영주님을 위해 특별히 주방의 수도사가 신경을 쓴 것 같습니다."

아침에 오리고기가 나오자 조르엔은 자신이 음식을 대접하는 사람처럼 뿌듯해했다.

그 모습을 보며 이안은 빙그레 미소를 지었다.

"수도원에 와서 고기를 한 번도 먹지 못했다고?"

"네, 하지만 전 괜찮습니다. 며칠 뒤에 고기가 배식으로 나온다고 했으니 그때 먹으면 됩니다."

씩씩하게 말을 한 조르엔은 탁자에 이안과 반언이 먹을 아침 식사를 보기 좋게 차리고는 뒤로 물러났다.

"식사 맛있게 하십시오."

바구니를 든 조르엔이 꾸벅 인사를 하고 밖으로 나가려 하자 이안이 말했다.

"조르엔, 이리 와서 같이 먹자."

"예에?"

깜짝 놀란 조르엔은 바구니를 든 상태로 급히 고개를 좌우로 흔들었다.

"아닙니다, 영주님. 전 나중에 먹으면 됩니다."

이안은 탁자에 차려진 음식을 가리켰다.

"양이 많아 셋이 먹어도 충분해. 같이 먹자."

"그래도…… 제가 어떻게 감히 영주님과 함께 식사를 하겠습니까? 나중에 마일스 원장님이 아시면 크게 혼을 내실 겁니다."

"나는 노숙을 할 때 병사들과도 종종 어울려 식사를 함께 했다. 여행을 할 땐 농부들과도 술잔을 나누며 그들 사이에 끼어 음식을 얻어먹기도 하고."

이안은 의자에 앉으며 차분한 목소리로 말을 이었다.

"너는 그것이 잘못된 행동이라고 여기느냐?"

"전……."

"원장님에게는 비밀로 할 테니 어서 와서 앉아라."

망설이던 조르엔은 옆에 서 있던 반언을 바라봤다. 반언이 웃으며 고개를 끄덕이자 그때서야 조르엔이 조심스럽게 탁자로 다가왔다.

"감사합니다, 영주님. 그럼 조금만 먹겠습니다."

"많이 먹어도 된다. 자, 원로도 어서 앉지."

"예, 영주님."

세 사람은 창밖에서 지저귀는 새 소리를 들으며 음식을 먹기 시작했다.

'영주님은 우리 수도원에 무슨 일로 오신 걸까?'

조르엔은 격의 없이 행동하는 이안을 식사 도중 슬쩍슬쩍 쳐다보며 생각했다.

궁금했지만 대놓고 물어볼 수는 없어 궁금증만 커져 갔다.

"먹을 땐 먹는 것에만 집중하는 게 좋다. 그러다 체한다."

이안의 나지막한 말에 조르엔은 순간 놀라 컥컥댔고, 반언은 조르엔의 등을 몇 번 두드려 줬다.

"잘 먹었습니다, 영주님. 괜찮으시다면 저 먼저 자리에서 일어나고 싶습니다. 물병이 빈 것을 깜빡 잊었습니다."

"왜 더 먹지 않고?"

"충분히 먹었습니다."

조르엔을 물끄러미 바라보던 이안은 피식 웃었다.

'더 붙잡았다간 정말 체하겠군.'

이안은 고개를 끄덕였다.

"그래, 그만 나가 보거라."

"예, 영주님."

조르엔이 빈 물병을 바구니에 담아 방 밖으로 나가자 반언이 말했다.

"식사 내내 저 아이의 마음이 다른 곳에 가 있는 것 같았습니다."

"아마 엘러트 수도사 때문일 거야. 위험이 도사리는 차원의 통로 안에 들어갔다고 하잖아."

"그렇군요. 제가 그걸 잊고 있었습니다."

"헬레인 말로는 조르엔은 그것을 모르고 있다고 했어. 아마 그래서 더 불안할 거야."

"제가 말해 줄까요?"

반언은 조르엔이 신경 쓰이는 눈치였다.

잠시 생각하던 이안은 수프를 떠먹으며 말했다.

"아니, 수도원에 맡겨 두자고. 그것까지 우리가 관여할 일은 아닌 것 같아."

아침을 든든히 먹은 이안은 벌컨의 안내를 받으며 지하 공동에 위치한 결계지로 향했다.

'성화가 또 성장했어.'

오늘 아침 일어나자마자 가장 먼저 확인한 일은 성화의 능력이었다.

예상대로 가슴속 성화의 힘은 크게 성장해 있었다.

'샬렌이 하늘에서 날 지켜보고 있는 것인가?'

이안은 슬쩍 시선을 들어 하늘을 올려다보는 시늉을 했다. 하지만 그의 시야엔 꽉 막힌 동굴 천장만 보였다.

'샬렌의 보상일까, 아니면 샬렌의 등불을 복원하며 만난 그 장발 사내의 영향일까?'

세 번째 샬렌의 등불을 복원하기 위해 결계지로 향하는 이안의 머릿속은 온통 의문의 장발 사내로 가득 차 있었다.

'오늘은 그의 바짓가랑이를 물고 늘어져서라도 긴 대화를 나눠 봐야겠어.'

마음을 다진 이안은 결계지에 먼저 와 기다리고 있는 마일스 원장에게 다가갔다. 그의 뒤로 팔린과 헬레인이 서 있었다.

"오늘도 이곳에서 기다리실 겁니까?"

이안이 묻자 마일스가 미소를 지으며 답했다.

"당연히 그래야 하지 않겠습니까. 영주님께서 샬렌의 등불을 복원하시는 동안 저희들은 마음속으로 계속 기도를 하겠습니다."

이안은 마일스 뒤에 서 있는 헬레인과 잠시 시선을 주고받

다가 고개를 끄덕였다.

"알겠습니다, 그럼 오늘도 최선을 다해 보겠습니다."

"감사합니다, 영주님."

마일스는 물론 결계지를 지키는 십수 명의 결계 수도사들이 모두 이안에게 정중히 예를 취하며 세 번째 샬렌의 등불의 복원을 응원했다.

이안은 반언과 함께 결계가 있는 곳으로 걸어가며 말했다.

"원로, 다녀올게."

"예, 영주님."

반언은 불타는 바위와 좀 떨어진 곳에서 걸음을 멈췄다. 성화를 가진 이안을 제외하곤 저 바위에 가까이 다가갈 수가 없었다.

'오늘도 완전한 복원이 이뤄졌으면 좋겠군.'

불타는 바위 앞에 멈춰선 이안은 진중한 눈빛으로 팔을 내뻗었다.

성화의 힘이 깃든 그의 손바닥이 바위와 밀착된 순간, 이안은 바위와 한 몸이 된 듯 불타오르기 시작했다.

'어젠 저녁쯤에 깨어나셨으니, 오늘도 그러시려나? 아니면 더 빨리 깨어나실까?'

세 번째 샬렌의 등불을 복원하기 위해 막 작업에 돌입한 이안을 지켜보던 반언은 크게 기지개를 폈다.

하루 종일 이안을 기다리는 지루한 시간이 앞으로 펼쳐질 것이다.

하지만 반언은 자리를 뜰 생각이 없었다. 불타는 바위와 일체가 되어 복원을 하는 이안에게 혹시 위험이 닥치면 몸을 던져서라도 구해야 한다.

팔짱을 끼고 이안을 주시하던 반언은 옆으로 다가온 헬레인을 쳐다봤다.

"자네, 그러는 게 아니네."

"네? 무슨 말씀이신지?"

"다 알고 있네. 영주님에게 몸에 좋은 약초 뿌리를 드렸다면서? 우리 사이에 그러면 안 되지. 여행 중에 내가 자넬 얼마나 챙겼는데, 커험."

반언이 서운한 표정을 짓자 헬레인의 얼굴에 살짝 미소가 어렸다.

"그렇지 않아도 오늘 드리려고 준비를 해 놨습니다. 그땐 양이 부족해서 영주님에게 먼저 드린 것이고요."

"아, 그랬나? 역시 자넨 생각이 깊어, 하하하!"

호탕하게 웃던 반언이 웃음을 점차 그치며 헬레인에게 물었다.

"그런데 말이네, 차원의 통로에 들어갔다던 수도사들은

언제쯤 돌아오나?"

"글쎄요, 내부 사정에 따라 달라지지만 보통은 열흘 안에 돌아옵니다."

"그렇군. 자네도 저 안에서 마물들과 싸웠나?"

반언이 묻자 헬레인은 검게 빛나며 회오리치는 차원의 균열을 응시하다 천천히 고개를 끄덕였다.

"네, 그냥 나온 적이 드물었습니다. 샬렌의 등불이 약해진 요즘엔 마물들과 조우하는 일이 더 빈번해졌고요."

"과거보다 더 위험해졌겠군."

"위험은 늘 존재했지만 요 근래 특히 위험해진 것은 맞습니다. 원래는 이번엔 제 차례였는데, 제가 수도원으로 늦게 복귀하는 바람에 다른 사람이 인솔자로 들어갔습니다."

"엘러트 수도사 말이군."

헬레인은 반언을 바라봤다.

반언은 담담히 말했다.

"조르엔이 우리 영주님의 숙소를 관리하고 있지 않나. 오늘 얼굴을 보니 걱정이 많아 보이더군. 그래서 물어본 걸세."

"그러셨군요……."

"그 수도사와 정이 많이 든 모양이야. 내가 제자로 삼아 알베른으로 데리고 가려 했더니, 엘러트 수도사를 배신하기 싫다며 단번에 거절하더군."

"배신요?"

헬레인은 조르엔의 얼굴을 떠올렸다. 밝은 얼굴 뒤에 단호함을 숨긴 아이였다.

"자네가 조르엔과 만나 얘기를 해 보는 것도 좋을 것 같네. 엘러트 수도사와 관련된 얘기를 아무도 안 해 줘서 힘들어하는 것 같아."

"알겠습니다. 그렇게 하겠습니다."

사실 헬레인도 조만간 조르엔을 만날 생각이었다. 다만, 요 며칠 동안 샬렌의 등불과 관련해서 집중하다 보니 다른 일에 정신을 쓸 수가 없었을 뿐이었다.

"누군가 들어오고 있습니다!"

갑자기 들리는 사람들의 목소리에 헬레인과 반언은 대화를 멈추고 차원의 균열을 바라봤다.

검은 빛을 발산하며 회오리치던 차원의 균열 중심부가 격렬하게 파동 치고 있었다.

쿠쿠쿠쿠!

수도원 사람들은 오랜 기간의 경험을 통해 차원의 통로에서 이쪽 세상으로 누군가 넘어오고 있는 징조라는 것을 바로 알아챘다.

'안을 살펴보러 간 그들이 벌써 돌아왔나?'

헬레인은 의아해하며 결계가 쳐진 차원의 균열을 바라봤다.

모두의 시선이 집중된 가운데 검은 빛을 뚫고 한 사람이 쏜살처럼 빠르게 튀어나왔다.

쉬이이익!

차원의 균열을 감싸고 있는 결계의 영향을 받지 않고 곧장 지하 공동 안으로 들어온 그는 몸을 제어하지 못하고 땅바닥에 부딪치며 여러 번 땅을 굴렀다.

데구르르르.

흙먼지를 일으키며 땅바닥을 구르던 티프넌은 재빨리 자리에서 일어났다.

그의 몸 곳곳엔 피가 흘러내리고 있었다.

거친 숨을 몰아쉬며 주변을 살피던 티프넌은 마일스 원장이 보이자 다급히 외쳤다.

"원장님! 로신 교주님이 계실 때 나타났던 거대 마물들이 다시 출몰했습니다! 우리 쪽 결계를 향해 내려오고 있습니다!"

허공에 떠 있는 거대한 성화의 불꽃에 달라붙어 손상 부위를 보수하는 이안의 얼굴은 한 점의 잡념도 보이지 않았다.

오로지 샬렌의 등불을 복원시키겠다는 일념만이 그의 눈빛 속에 어렸다.

시간이 흐를수록 몸과 정신은 피곤해졌지만 그에 비례해 로신 교주가 남긴 성화의 불꽃은 손상 부위가 사라지며 깨끗하게 변해 갔다.

"내 마음까지 맑아지는 것 같군."

손상 부위를 모두 보수한 이안은 땀이 가득한 얼굴로 뒤로 물러나 성화의 불꽃을 올려다봤다.

거미줄처럼 갈라지고 틈이 벌어졌던 성화의 불꽃은 이제 건강해지고 튼튼해져서 로신 교주가 남긴 성화의 힘이 더는 새어 나가지 않게 됐다.

'겉은 다 고쳤고, 이제 내부에 성화의 힘을 불어 넣어서 예전의 모습을 되찾게 해 주는 일만 남았군.'

그러나 무슨 일인지 이안은 샬렌의 등불을 복원하기 위한 가장 중요한 순간에 손길을 멈추고 그 자리에 누워 꼼짝도 하지 않았다.

휴식을 취하는 게 아니라 그냥 손을 놓아 버린 듯 보였다.

시간은 흘러갔고, 거대한 성화의 불꽃은 적막감 속에서 홀로 타올랐다.

조금 더 시간이 흐른 뒤, 저 멀리 어둠 속에서 누군가 걸어 나와 이안에게 다가왔다.

우뚝.

이안의 머리맡에서 걸음을 멈춘 장발의 사내가 이안을 내려다봤다.

"뭐 하는 거냐? 왜 하던 일을 멈추는 것이냐?"

"제 질문에 답하기 전엔 꼼짝 않겠습니다."

눈을 뜬 이안이 자리에서 벌떡 일어나 장발의 사내와 마주 섰다.

장발의 사내도 장신이어서 두 사람은 키가 엇비슷해 보였다.

"흥! 잔머리를 굴리다니. 좋게 봤더니, 실망스럽구나."

"실망하셔도 어쩔 수 없습니다. 그러게 왜 자꾸만 도망치시는 겁니까? 얘기 좀 나누자는데요."

이안이 투덜거리며 말을 하자 장발의 사내는 껄껄 웃으며 손짓을 했다.

"누가 도망을 쳐? 난 평생 도망을 쳐 본 적이 없다."

"아니라고요?"

"그렇다. 나는 길게 대화를 나눌 수 없는 처지다. 말을 하면 할수록 내 힘이 빠져나가 널 도울 수 없기 때문이다."

"예?"

이안은 당황한 눈빛으로 장발 사내를 바라봤다.

샬렌의 등불을 복원할 때마다 큰 고비가 한 번씩 찾아왔고, 그때마다 장발 사내가 노도와 같은 힘을 보태 줘서 어려움을 극복해 왔다.

그런데 자신과 대화를 하면 그 힘이 사라질 수도 있다는 뜻이었다.

갑질하는 영주님

"정말입니까?"

이안이 믿지 못하겠다는 듯 게슴츠레한 눈빛으로 쳐다보자 장발 사내의 이마에 푸른 힘줄이 올라왔다.

"사실이다. 그러니 쓸데없이 말을 시키지 마라. 아직 샬렌의 등불이 두 개나 남지 않았느냐?"

진지한 그의 말에 이안은 난처해하며 머리를 긁적였다.

"죄송합니다. 그러게 로신 교주님이 맞는지 대답만 해 주시면 될 것을 왜 자꾸 피하신 겁니까? 로신 교주님이 맞습니까?"

"맞다, 내가 로신이다."

"정말 그분이었군요!"

이안은 크게 기뻐했다.

"어서 하던 일이나 마무리해라. 더는 말시키지 말고. 샬렌의 등불을 모두 정상으로 돌려놓으면, 그때 너와 편안히 대화를 나누겠다."

"알겠습니다, 로신 교주님. 약속하신 겁니다."

로신 교주에게 묻고 싶었던 것들이 많았던 이안은 밝은 표정으로 성화를 일으켜 성화의 불꽃에 주입하기 시작했다.

고오오오오!

전력을 다해 성화를 불어 넣는 이안의 전신이 황금빛을 넘어 하얗게 불타올랐고, 성화의 불꽃도 웅장하게 빛을 뿜어내며 점차 새하얗게 변해 갔다.

로신 교주가 남긴 성화의 불꽃과 하나가 되어 맹렬히 불타오르던 이안은 어느 순간 힘이 부쳤는지 상체가 조금씩 흔들렸다.

　'역시 나 혼자만의 힘으론 아직 역부족인가?'

　어제와 오늘 두 차례에 걸쳐 이안의 성화가 크게 성장했지만 로신 교주가 남긴 성화의 불꽃은 워낙 대단해서 이안 홀로 복원하기엔 벅찬 상태였다.

　성화의 불꽃이 과거의 모습을 반쯤 회복한 상태에서 더는 진전이 없었다.

　하지만 이안은 힘이 부족했지만 끝까지 포기하지 않으며 온 정신을 집중해 성화의 불꽃에 매달렸다.

　'어제보다 나아지긴 해야 할 것 아냐, 으으으으!'

　어디서 그런 힘이 났는지 이안의 몸에서 다시 성화의 기운이 뻗어 나와 성화의 불꽃으로 유입됐다.

　필사적으로 성화의 불꽃에 힘을 쏟아붓고 있는 이안의 모습을 뒤에서 지켜보던 로신 교주는 입가에 옅은 미소를 지었다.

　'의지가 대단한 녀석이군.'

　오래전 자신의 모습을 보는 듯했다.

　로신 교주는 손을 들어 이안의 등에 가져다 붙였다. 흔들리던 이안의 상체가 안정됐고, 성화의 불꽃이 폭발적으로 타오르기 시작했다.

　"고맙습니다!"

"집중해라."

"예!"

로신 교주의 힘을 받아들인 이안은 재차 전력을 다했고 얼마 뒤 성화의 불꽃 전체가 새하얗게 불타오르며 신성한 빛을 줄기줄기 뿜어냈다.

"됐습니다!"

이안은 벅찬 눈빛으로 외쳤다.

처음 겪는 일도 아니었는데, 이안은 괜스레 코끝이 시큰해졌다.

자신을 돕는 사람이 고대에 이 성화의 불꽃을 만든 당사자인 로신 교주라는 것을 확인한 뒤라서 그런 것 같았다.

"이제 하나 남았군요."

이안이 뒤를 돌아보며 말했다. 하지만 로신 교주는 이미 사라지고 아무도 없었다.

잠시 빈 공간을 바라보던 이안이 목소리를 높였다.

"내일 뵙겠습니다! 저와 한 약속을 잊으시면 안 됩니다!"

로신 교주는 아무런 대꾸도 없었다. 하지만 이안은 그가 자신의 말을 어디선가 듣고 있다는 것을 느끼고 있었다.

로신 교주가 바위 속에 심어 둔 세 번째 성화의 불꽃을 정

상으로 되돌려놓은 이안은 원래 자신이 있던 곳으로 돌아와
두 눈을 떴다.

바위가 새하얀 불길에 휩싸여 있었다.

세 번째 샬렌의 등불도 정상으로 복원이 된 것이다.

"블란조르, 장발의 남자는 로신 교주가 맞았어."

-그와 대화를 나눈 것이냐?

"사정이 있어서 길게 대화는 못 나눴지만 그는 자신이 로
신 교주라는 것을 인정했어."

미소를 지으며 블란조르에게 말을 하던 이안의 표정이 살
짝 굳어졌다.

지하 공동 한쪽에 근 백여 명 가까운 사람들이 무기를 들
고 집결해 있었던 것이다.

그들 중엔 어제 이안을 찾아왔던 늙은 수도사들도 있었다.

'대체 무슨 일이지?'

어리둥절해 있는 이안에게 블란조르가 말했다.

-네가 샬렌의 등불을 복원하는 동안 큰일이 생겼다.

"큰일?"

이안은 미간을 좁히며 자신을 기다리고 있는 반언에게로
걸어갔다.

반언은 이안이 불타는 바위의 영향권을 벗어나 바깥으로
걸어 나오자 서둘러 뛰어왔다.

"고생하셨습니다, 영주님. 세 번째 샬렌의 등불도 복원에

성공하셨군요."

"대체 무슨 일이야? 수도원의 결계 수도사들이 다 모인 것 같은데."

"그게 말입니다, 영주님. 차원의 통로에 거대 마물들이 나타나 이쪽 결계 방향으로 내려오는 중이라고 합니다."

"거대 마물?"

"예, 그래서 만일의 사태를 대비해 마일스 원장이 수도사들을 준비시켰습니다."

이안은 고개를 끄덕였다. 블란조르가 말한 큰일이라는 것은 거대 마물들의 출현이었던 것이다.

"그런데 영주님, 헬레인이 구조대와 함께 차원의 통로에 들어갔습니다."

"그건 또 무슨 말이야?"

이안은 자신을 향해 빠른 걸음으로 다가오는 마일스 원장을 바라보며 물었다.

"차원의 통로를 조사하다 마물들에게 고립된 수도사들을 구조하기 위해서입니다."

"엘리트 수도사 일행을 말하는 건가?"

"예, 영주님."

"음."

이안이 미간을 찌푸릴 때 마일스가 도착했다.

"영주님, 깨어나셨군요."

마일스는 거대 마물들이 나타난 어수선한 상황에서도 흔들리지 않고 매우 침착했다.

"원로에게 들었습니다. 거대 마물들이 나타났다고요."

"예, 로신 교주님이 차원의 통로에서 없앴던 강력한 마물이 다시 나타났습니다. 아무래도 샬렌의 등불이 약해지면서 안쪽 결계를 넘어온 것 같습니다."

마일스가 무거운 눈빛으로 말했다.

"그렇군요."

"하지만 다행히 영주님이 샬렌의 등불을 복원시키면서 결계의 힘이 예전의 모습을 되찾고 있습니다. 아마 안쪽 결계도 그 영향을 지금쯤은 받고 있을 것입니다."

마일스는 결계를 바라보며 말했다.

이안이 샬렌의 등불을 하나씩 복원할 때마다 차원의 균열을 감싸고 있는 결계의 힘도 강해지고 있었다.

"영주님이 이 순간, 이 자리에 계신 것이 얼마나 다행인지 모르겠습니다."

"별말씀을요."

"피곤하실 텐데, 그만 올라가서서 쉬십시오."

마일스는 지쳐 보이는 이안에게 정중히 말했다.

이안은 지하 공동에 집결한 결계 수도사들을 잠시 바라보다가 물었다.

"거대 마물들은 언제 이곳에 도착합니까?"

"최초 보고를 한 티프넌 수도사의 말을 종합해 보면 아마도 내일 오후쯤일 것 같습니다."

"그렇군요. 내일 오후라……."

"너무 걱정 마십시오. 영주님의 도움으로 우리 쪽 결계가 더욱 강력해졌으니까요."

"차원의 통로에 제가 지금 들어가 보겠습니다."

이안의 말에 마일스가 깜짝 놀란 표정을 지었다.

"영주님께서 말입니까?"

"원장님도 알고 계시겠지만 전 먼 곳도 빠르게 오갈 수 있는 공간 이동 능력이 있습니다. 거대 마물들과 안쪽 결계 상황을 제가 살펴보고 오겠습니다."

"말씀은 감사하나 영주님은 지금 크게 지치신 상태입니다. 푹 쉬셔야 내일 마지막 남은 샬렌의 등불을 복원하실 수 있지 않겠습니까?"

차원의 통로 내부 일도 중요했지만 결계의 핵심인 샬렌의 등불을 복원하는 일도 마일스에게는 중요했다.

마일스의 마음을 읽은 이안이 담담히 말했다.

"걱정 안 하셔도 됩니다. 샬렌의 등불을 복원하는 데 차질이 생기진 않을 테니까요."

이안의 마음이 확고해 보이자 마일스도 더는 만류하지 않았다.

"엘러트 수도사 일행을 구하기 위해 구조대가 들어갔다

고 들었습니다. 그곳도 가 볼 생각인데 위치를 알 수 있을 까요?"

이안은 길게 시간을 끌지 않고 차원의 균열을 향해 걸어가 며 말했다.

마일스는 한쪽에 앉아 있는 젊은 수도사에게 소리쳤다.

"티프넌 수도사! 이리 오게!"

수도원장이 부르자 벌떡 일어선 티프넌이 빠르게 달려왔 다.

"자네, 영주님을 모시고 엘러트 수도사 일행과 헤어진 곳 으로 갈 수 있겠나?"

부상 때문에 머리에 흰 천을 휘감은 티프넌은 이안을 바라 봤다.

자신이 차원의 통로에 들어간 사이, 성화를 가진 영주가 나타나 샬렌의 등불을 복원하고 있었다.

"티프넌이라고 합니다, 성화의 주인을 뵙게 되어 영광입 니다. 제가 길을 안내하겠습니다."

번쩍!

차원의 균열 속 검은 빛을 통과한 이안과 반언 그리고 티 프넌이 황량한 대지에 착지했다.

휘이이잉!

마음을 스산하게 만드는 음산한 바람 소리를 들으며 이안은 주변을 길게 훑어봤다.

마치 사막화가 진행된 벌판 한가운데 선 기분이었다.

'이곳이 차원의 통로······.'

이안은 허리를 굽혀 흙을 한 움큼 쥐었다. 생명의 기운이라고는 전혀 찾아볼 수가 없었다.

"영주님, 이쪽 방향입니다."

티프넌이 오른쪽을 가리키자 이안은 멀리 시선을 두었다.

헬레인이 포함된 구조대는 벌써 오래전에 출발해 지금쯤이면 엘러트 수도사 일행이 있는 곳에 도착했을지도 모른다.

'그들은 무사할까?'

조르엔을 생각하니 이안은 마음이 다소 무거워졌다.

'가 보면 알겠지.'

이안은 티프넌과 반언의 팔을 붙잡았다.

그 순간, 세 사람의 모습이 증발하듯 사라졌다.

잿빛 하늘 아래 엘러트와 그의 동료 수도사들이 마물들에게 쫓기고 있었다.

악전고투 속에 온몸이 상처투성이었지만, 엘러트와 그의

동료들은 쉽사리 마물들에게 목숨을 내어 주지 않았다.

하지만 버티는 것도 이제 한계에 다다라 그들의 움직임은 눈에 띄게 느려져 있었다.

사실 지금까지 버틴 것도 기적에 가까웠다.

"저기 암석 지대로 가세!"

옆에서 달려드는 마물의 가슴을 검으로 벤 엘러트가 뒤따라오는 동료들에게 외쳤다.

"우리가 죽을 자리인가!"

수염 가득한 결계 수도사가 묻자, 엘러트는 쓴웃음을 지었다.

"자네 말이 맞네! 저기서 마지막 불꽃을 불태우세!"

"그 말이 언제 나오나 했네! 마물들에게 불벼락을 내린 후, 샬렌님에게 가세!"

힘이 다 떨어지기 전에 마물들과 최후의 일전을 벌일 생각인 그들은 마물들과 싸우며 커다란 바위들이 넓게 퍼져 있는 암석 지대로 진입했다.

엘러트와 그 일행을 마지막까지 보호해 주던 불의 정령들이 힘을 잃고 차례로 소멸된 뒤라서, 엘러트 일행을 쫓으며 공격하는 마물들의 공세는 더욱 거세졌다.

마차 크기만 한 커다란 바위를 등진 다섯 수도사들은 오각형을 이루며 싸우기 시작했다.

그들은 살기 위해 싸우는 것이 아니었다.

최대한 마물들의 수를 줄여 차후 수도원 사람들이 마물들과 싸울 때 일말의 도움이 되기를 바라는 마음뿐이었다.

그래서 더 악착같이 버티며 마물들의 수를 줄이려 노력했다.

"티프넌은 무사히 돌아갔겠지!"

동료의 물음에 엘러트는 도끼를 내려치는 마물의 가슴에 검을 찔러 넣으며 대꾸했다.

"분명 그랬을 것이네! 혈기 넘치는 젊은이가 아닌가!"

"그리 말하니 우리들이 꼭 늙은 것 같군! 우리도 아직 팔팔하잖은가!"

"하하하!"

중년의 수도사들은 위태롭게 싸우는 와중에도 여유를 잃지 않았다. 수십 년간의 수도원 생활이 그들에게 심어 준 평정심 때문이기도 했지만, 또 다른 이유는 언젠가 이런 상황이 그들에게 닥칠 수도 있다고 늘 염두에 두고 살아왔기 때문이다.

수천 년 동안 차원의 통로에서 희생한 선배 수도사들처럼 말이다.

"크윽!"

옆구리에 마물의 도끼가 박힌 수도사는 흔들리지 않고 엘러트와 동료 수도사들에게 외쳤다.

"나 먼저 가네!"

옆구리가 쩍 갈라져서 내장을 쏟아 내던 수도사의 눈과 입에서 눈부신 밝은 빛이 뿜겨져 나왔다.

"샬렌이시여! 악의 종자들에게 자비를 베풀지 마시고 가장 큰 징벌을 내려 주시옵소서!"

번쩍!

옆구리에 치명상을 입은 수도사의 몸이 거대한 화염을 일으키며 전방을 향해 폭발했다.

콰콰쾅!

불벼락을 맞은 마물들이 괴성을 지르며 바닥에 나뒹굴었고, 일대는 초토화가 되었다.

불의 정령술을 높은 수준까지 익힌 결계 수도사만 사용할 수 있는 화염 폭풍술이었다.

위력은 강력했지만 목숨을 담보로 하는 기술이었다.

먼저 간 동료의 힘으로 인해 엘러트와 나머지 수도사들은 잠시나마 숨을 돌릴 수 있었다.

그러나 그것도 잠깐, 암석 지대를 뒤덮고 있던 마물들이 땅바닥에 나뒹구는 마물들의 사체를 밟으며 또다시 개미 떼처럼 몰려오고 있었다.

먼저 간 동료의 죽음을 마음속으로 애도하던 엘러트와 수도사들은 강한 눈빛으로 몰려오는 마물들을 각자의 방향에서 노려봤다.

생사를 초월한 그들의 눈빛엔 두려움이 없었다.

'죽음은 두렵지 않으나, 그 아이와 조금 더 시간을 가지지 못한 게 아쉽군.'

몰려오는 마물들을 바라보던 엘러트는 문득 조르엔에게 미안한 감정이 들었다.

거리의 부랑아들에게 흠씬 두들겨 맞고 병까지 든 조르엔이 살려 달라며 그의 발목을 붙잡았을 때, 엘러트는 차마 그냥 지나치지 못하고 그녀를 구해 수도원으로 데리고 왔다.

하지만 수도원으로 돌아오는 길에 그는 몇 번이고 고민을 했다.

수도원의 삶은 개인의 희생을 각오해야 했고, 그것이 과연 조르엔을 위한 길인지 확신이 안 섰기 때문이었다.

묵상 속에 샬렌의 응답을 기다렸지만 판단은 오로지 자신의 몫으로 돌아왔다.

'조르엔, 약속을 지키지 못해 미안하구나.'

엘러트는 빗발치는 마물들의 공세를 막아 내며 다시 싸움에 돌입했다.

퍽!

마물의 도끼가 어깨를 파고들자 엘러트는 이를 악물고 검을 휘둘렀다.

검 끝에서 일어난 채찍처럼 긴 불길이 도끼를 내려찍은 마물의 몸은 물론 그 뒤에 있던 수십 마리의 마물들까지 한꺼번에 휘감아 허공으로 띄웠다.

"이놈들!"

엘러트가 검과 연결된 불길에 힘을 불어 넣자 허공에 떠올랐던 수십 마리의 마물들이 불길에 휩싸이며 재로 변해 갔다.

"하아, 하아."

일시에 큰 힘을 소비한 엘러트가 숨을 몰아쉴 때였다.

하늘이 갑자기 어두워졌다.

위를 올려다본 엘러트가 동료들에게 급히 외쳤다.

"피하게!"

집채만 한 바위가 하늘에서 떨어지고 있었다.

엘러트와 동료들이 마물들 사이로 몸을 피한 순간, 하늘에서 떨어진 거대한 바위가 그들이 등지고 있었던 바위와 충돌했다.

콰앙!

거대한 폭음과 함께 땅이 흔들렸다.

자욱한 먼지구름이 일어난 사이, 엘러트와 동료들은 근처에 있던 또 다른 바위를 찾아 그 위로 올라갔다.

거칠게 숨을 내쉬던 그들은 멀리 시선을 뒀다.

신장이 근 10여 미터에 이르는 마물이 커다란 바위를 손으로 집어 들고 있었다.

바위를 던진 것은 머리에 뿔이 하나 돋아나고 전신이 검은 불길에 휩싸여 있는 저 중형급 마물이었다.

"저놈은 내가 맡겠네. 그동안 함께해서 즐거웠네."

새롭게 출몰한 중형급 외뿔 마물을 노려보던 엘러트가 동료들에게 마지막 작별 인사를 했다.

"엘러트, 먼저 가게. 우리도 곧 뒤따라 갈 테니까."

바위 위로 올라오려는 마물들의 머리를 검으로 내려치던 수도사들이 엘러트에게 힘 있게 대꾸했다.

휘이익!

엘러트는 땅을 밟지 않고 오로지 암석 지대에 흩어져 있는 바위들만을 징검다리 삼아 외뿔의 마물에게 빠르게 달려갔다.

불의 정령술을 극한까지 끌어올린 엘러트의 전신에선 뜨거운 불길이 일렁였다.

얼마 남지 않은 마지막 기운이었다.

"내 죽음에 널 데리고 가마!"

허공에서 떨어지는 바위를 피해 하늘로 도약한 엘러트는 외뿔 마물의 몸을 보호하는 검은 불길을 뚫고 들어가 그대로 검을 내리쳤다.

쿠쿠쿠쿠!

엘러트의 검이 지나간 자리마다 폭발음이 일어나며 마물의 몸에서 검은 피가 솟구쳤다.

'샬렌이시여! 힘을 주소서!'

검에 실린 힘이 빠르게 줄어 가자 엘러트는 간절한 마음으로 마지막 힘을 쥐어짰다.

쿠쿠쿵쿵!

외뿔 마물의 머리부터 가슴까지 길게 벤 엘러트는 착지한 후 비틀거렸다.

서 있을 힘도 없었다.

고개를 들어 외뿔 마물의 상태를 확인한 엘러트는 입가에 희미한 미소를 지었다.

머리부터 가슴까지 이어진 폭발로 상체가 쩍 벌어진 외뿔 마물의 거대한 몸이 천천히 뒤로 넘어가고 있었다.

쿠웅!

땅에 충돌한 외뿔 마물은 더 이상 움직임이 없었다.

화르르르.

고약한 냄새를 내며 타오르는 외뿔 마물의 사체를 바라보던 엘러트는 뒤를 돌아봤다.

마물들이 그를 향해 해일처럼 밀려오고 있었다.

힘이 다한 엘러트는 검을 땅에 박고 가슴을 활짝 폈다.

"후회하지 않는다."

소명을 다했다고 생각한 엘러트는 화염 폭풍술을 준비했다.

그의 눈과 살짝 벌어진 입안에서 밝은 빛이 뿜어져 나오기 시작했다.

죽을 때 죽더라도 조금이라도 더 많은 마물들을 제물로 데리고 갈 생각이었다.

마물들이 최대한 가까이 다가오기를 기다리던 엘러트는 때가 되자 망설임 없이 화염 폭풍술을 발동하려 했다.

"엘러트, 안 돼!"

갑자기 등 뒤에서 들리는 헬레인의 목소리에 흠칫한 엘러트는 뒤를 돌아봤다.

헬레인이 지척에서 맹렬히 달려오고 있었다.

그녀만이 아니었다. 그녀 뒤로 벌컨, 팔린 등 30명에 가까운 결계 수도사들이 보였다.

'구조대군.'

엘러트는 화염 폭풍술을 중지하고 재빨리 땅에 박힌 검을 들어 밀려오는 마물들과 맞서 싸웠다.

콰앙!

마물들이 휘두르는 도끼를 막으며 힘겹게 버티던 엘러트 앞을 헬레인이 막아섰다.

"꺼져!"

헬레인이 차가운 목소리로 외치며 손을 내밀었다.

그녀의 손이 가리키는 바닥에서 지옥의 불길과 같은 뜨거운 불길이 파도처럼 치솟아 올라 엘러트를 공격하던 마물들을 덮쳤다.

캬아아아아!

수십 마리의 마물들이 괴성을 지르며 잿더미로 변해 갔다.

"괜찮아?"

헬레인이 묻자 엘러트는 창백해진 얼굴로 말했다.

"난 괜찮아. 암석 지대 안쪽에 동료들이 있으니 어서 도와 줘."

"알았어."

고개를 끄덕인 헬레인은 불의 정령을 소환해 앞세우며 암석 지대 안쪽으로 빠르게 들어갔다.

뒤따라오는 동료들을 기다릴 여유가 없었다.

잠시 후, 벌컨과 팔린을 위시한 30명의 결계 수도사들이 엘러트가 있는 곳에 도착했다.

"엘러트 수도사를 돌봐 줘라!"

결계 수도사 한 명을 엘러트의 호위로 남겨 둔 벌컨과 팔린은 다른 결계 수도사들과 함께 암석 지대 안쪽으로 거침없이 달려갔다.

마물들이 몰려오자 벌컨이 얼음처럼 차가운 눈빛으로 외쳤다.

"한 놈도 남기지 마라!"

수십 명의 결계 수도사들이 일제히 불의 정령들을 소환하자 넓은 암석 지대가 수 미터 크기의 불의 정령들로 꽉 찬 느낌이었다.

콰콰콰쾅!

결계 수도사들과 불의 정령들이 마물들을 쓸어버리며 암

석 지대 안쪽에 고립되어 있는 동료들에게로 향했다.

광풍과 같은 그들의 거친 공세를 마물들은 감당할 수가 없었다.

"샬렌님의 검을 보여 주마."

수도원에서 검을 가장 잘 쓰는 팔린이 바람처럼 움직이며 마물에게 검을 휘둘렀다.

그가 지나간 자리엔 머리가 잘린 마물들의 사체가 수북이 쌓여 갔다.

"뒈져라!"

벌컨이 주먹으로 후려칠 때마다 한꺼번에 서너 마리의 마물들이 불길에 휩싸이며 몸이 폭발했다.

엘러트처럼 불의 정령술을 마스터한 헬레인과 벌컨, 팔린이 30명의 결계 수도사들을 이끌고 싸움에 가세하자, 전장은 결계 수도사 쪽으로 일방적으로 흘러갔다.

마물들의 수가 많긴 했지만 구조대는 이들을 압도하는 전력이었다.

'티프넌이 임무를 완수했군.'

구조대가 동료들을 구하는 모습을 지켜보던 엘러트는 티프넌이 수도원으로 무사히 돌아간 것을 어렵지 않게 짐작했다.

'그가 아니라 내가 죽었어야 했는데.'

화염 폭풍술을 발동해 먼저 희생을 한 동료 수도사를 떠올린 엘러트는 마음이 착잡해졌다.

이번 조사의 인솔자로서 모두를 살리지 못한 것에 대한 책임감이 느껴졌다.

"엘러트 수도사님!"

엘러트는 깜짝 놀란 표정을 지었다. 아무것도 없던 빈 공간에서 티프넌이 유령처럼 나타나 그의 이름을 부른 것이다.

그것도 혼자가 아니었다.

장신의 젊은 남자와 체구가 장대한 노인과 함께였다.

'기척도 없이 나타나다니.'

놀란 마음을 빠르게 수습한 엘러트는 다가온 티프넌에게 말했다.

"수고했다, 티프넌. 임무를 완수했구나."

"정말 다행입니다, 살아 계셔서요!"

티프넌은 밝은 목소리로 말했다.

사실 구조대가 도착하기 전에 엘러트 일행이 죽었을까 봐 마음을 졸이고 있었다.

그런데 이렇게 살아 있는 것이다.

"다른 분들은요?"

티프넌의 물음에 엘러트는 암석 지대 안쪽을 가리켰다.

"저 안쪽에 있다. 지금 구조대가 구하고 있으니 괜찮을 것이다."

"다른 분들도 무사하시군요."

"모두는 아니다. 썬 수도사는 죽었다."

엘러트가 무거운 표정으로 말을 하자 티프넌의 눈동자에 금세 눈물이 맺혔다.

"죄송합니다. 더 빨리 수도원에 도착해서 구조대를 보냈어야 했는데."

울먹이는 티프넌의 어깨에 엘러트가 손을 올리며 말했다.

"넌 최선을 다했다. 자책할 필요 없다."

고개를 푹 숙이고 눈물을 참던 티프넌은 자신과 함께 온 이안을 떠올리고는 서둘러 감정을 추슬렀다.

"엘러트 수도사님, 이분들을 소개해 드리겠습니다."

티프넌이 이안을 소개하려 고개를 돌렸다.

하지만 이안은 그들이 아닌 암석 지대 측면에 위치한 길게 뻗은 언덕을 바라보고 있었다.

자연스럽게 티프넌과 엘러트의 시선이 그쪽으로 향했다.

'저건!'

엘러트의 표정이 굳어졌다.

언덕 위에는 조금 전 엘러트가 없앤 외뿔 마물 수백 마리가 석상처럼 서서 암석 지대를 내려다보고 있었다.

"내 소개는 저놈들을 없앤 후에 하는 게 좋을 것 같군요."

외뿔 마물들이 언덕을 내려오기 시작하자, 이안이 언덕 방향으로 걸음을 옮기며 말했다.

강한 마물들이 수백 마리나 새로 나타나자 얼굴이 굳어진 엘러트가 말했다.

"힘든 싸움이 되겠군. 그런데 저 사람은 누구냐?"

"성화의 주인이신, 이안 알베른 영주님이십니다."

티프넌의 대답에 엘러트는 큰 충격을 받은 사람처럼 눈이 커졌다.

"뭐라고, 성화의 주인이라고?"

"예, 제가 갔을 때 샬렌의 등불을 복원하고 계셨습니다."

엘러트는 믿을 수 없다는 듯 멀리 언덕 방향으로 걸어가는 이안의 뒷모습을 바라봤다.

그러고 보니 이안 알베른이라는 이름을 들어 본 적이 있었다.

벨로린 왕성에서 악신의 진체를 성화로 없앴다고 알려진 소문의 주인공이었다.

'그 소문이 헛소문이 아니라 사실이었단 말인가!'

이안은 암석 지대 측면에 위치한 높고 기다란 언덕으로 향하며 왼쪽을 바라봤다.

고립된 동료들을 구한 헬레인과 수십 명의 결계 수도사들이 몰려드는 마물들을 소탕하기 위해 치열하게 싸우고 있었다.

'불의 정령들과 함께 싸우는 모습이 인상적이군.'

소환자와 비슷하게 생긴 수 미터 크기의 불의 정령들은 굉장한 전투력으로 마물들을 없애고 있었다.

비록 마물들의 수가 많긴 했지만 구조대를 감당할 수는 없었다. 시간이 흐르면 자연히 마물들은 전멸할 상황이었다.

이안은 시선을 돌려 멀리 언덕에서 내려오고 있는 외뿔 마물들을 바라봤다.

검은 불길에 휩싸인 10미터 크기의 마물들이 천천히 언덕을 내려오는 모습이 마치 검은 용암이 흘러내리는 것처럼 보였다.

'저놈들이 아래로 내려와 싸움에 가세하면 싸움의 양상이 바뀔 거야.'

이안은 외뿔 마물들이 암석 지대에 도착해 혼전이 벌어지기 전에 모두 없애 버릴 생각이었다.

"영주님, 간만에 몸을 좀 풀겠습니다. 흥분되는데요."

이안의 옆에서 함께 걷던 반언이 검을 뽑으며 고개를 좌우로 꺾었다.

검은 불길에 휩싸인 마물들은 반언이 여태껏 상대해 본 적들 중에서 가장 덩치가 큰 녀석들이었다.

"스무 마리만 맡아. 나머지는 내가 맡을 테니까."

이안은 말을 하며 옆에서 겁 없이 달려드는 조무래기 마물들을 향해 가볍게 주먹을 내뻗었다.

쿠쿠쿵!

이안의 손에서 천둥소리를 내며 뻗어나간 푸른 권강이 달려드는 마물들은 물론, 그 뒤에 있던 수십 마리의 마물들까지 한꺼번에 휩쓸어 버렸다.

"아니 영주님, 그 무슨 섭섭하신 말씀입니까? 샬렌의 등불을 복원하시느라 피곤하실 텐데, 제가 3분의 1은 맡겠습니다."

"그럼 능력껏 해 보자고."

빙그레 미소를 지은 이안이 워프를 발휘해 먼저 언덕으로 가자 뒤에 남은 반언이 화들짝 놀라며 바람처럼 몸을 날렸다.

"영주님, 같이 시작해야지요! 이건 반칙입니다!"

반언보다 먼저 언덕에 도착한 이안은 검에 내공과 포스를 함께 실었다.

고오오오오!

이안의 막대한 힘이 검에 담기자 검이 검명을 토하며 황금색 검기를 길게 토해 냈다.

검기는 점차 수 미터 길이의 검강의 형태를 띠었다.

"몸뚱이가 얼마나 질긴지 한번 시험해 볼까?"

이안은 선두에서 내려오는 외뿔 마물들 사이를 가볍게 스치고 지나갔다.

이안의 움직임이 워낙 빨라서 마물들이 대처할 시간도 없었다. 눈 깜짝할 사이에 수십 번의 검을 휘두른 이안은 원래 있던 곳으로 돌아와 언덕 위를 올려다봤다.

이안의 검에 맞은 외뿔 마물들이 곳곳에서 폭발을 일으키 며 경사진 언덕에서 앞으로 고꾸라졌다.

콰콰쾅쾅!

외뿔 마물들의 몸이 폭발할 때마다 그들의 몸을 감싸고 있 던 검은 불길들이 출렁이며 사방으로 뻗어 나갔다.

외뿔 마물이 자랑하는 그들의 질긴 피부도 몸을 보호하는 검은 불길도 이안의 검 앞에선 무용지물이었다.

수십 마리의 외뿔 마물들이 연속으로 폭발하는 소리에 암 석 지대에서 싸우던 결계 수도사들이 언덕을 바라봤다.

"이안 영주님이에요!"

마물들과 싸우던 헬레인이 선배 수도사인 벌컨에게 소리 쳐 말했다. 멀리 언덕 중턱에서 수백 마리의 외뿔 마물과 홀 로 대치하고 있는 이안을 알아본 것이다.

"우리를 돕기 위해 오셨나 보군."

벌컨은 홀로 외뿔 마물들을 가로 막고 서 있는 이안의 모 습에 말할 수 없는 뜨거운 감정이 올라왔다.

벌컨은 결계 수도사들에게 우렁차게 외쳤다.

"성화의 주인이 이 자리에 함께하고 계신다!"

결계 수도사들은 벌컨처럼 다들 마음이 뜨거워져 전신에 힘이 솟구쳤다.

"이놈들을 빨리 처리하고 성화의 주인과 함께 언덕에 나타난 마물들을 쓸어버리자!"

벌컨이 도끼를 휘두르는 마물의 몸을 두 손으로 찢어 버리며 용맹하게 외쳤다.

"죽어라, 마물들아!"

결계 수도사들의 검이 더 빨라졌다.

"아무것도 아닌 자식들이 겉모습만 요란했군."

이안이 본격적으로 움직이려는 그때, 언덕 위쪽에 서 있던 수백 마리의 외뿔 마물들의 뿔에서 갑자기 번쩍이는 붉은 광선이 방출됐다.

지이이이잉!

수백 가닥의 붉은 광선이 동시에 날아오는 모습은 가슴을 서늘하게 할 만큼 실로 무시무시한 광경이었다.

"이크. 내 말에 화가 났나?"

이안은 급히 워프를 발휘해 붉은 광선을 피했다.

이안이 서 있던 자리의 땅들이 폭발하며 돌과 흙이 사방으로 튀었다.

워프를 발휘해 광선들을 요리조리 피하던 이안이 땅을 박차고 하늘 높이 솟구쳤다.

새처럼 비상하며 까마득히 높게 올라간 이안을 향해 외뿔 마물들이 지상에서 광선을 계속해서 쏘아 댔다.

하늘 높이 비상한 이안의 몸 주변으로 광선들이 아슬아슬하게 스쳐 지나갔다.

"이 자식들이 과거를 생각나게 만드네?"

이안의 표정이 싸늘해졌다.

지구에서 이계인들의 보행 로봇과 맞서 싸웠던 이안은 그들의 광선에 적지 않게 부상을 당했었다.

가슴속에 묻어 놓은 과거를 떠올리던 이안은 검 손잡이를 강하게 움켜쥐며 언덕을 향해 가공할 속도로 수직 하강했다.

언덕 일대에 포진한 수백 마리의 외뿔 마물들이 붉은 광선을 계속해서 쏘아 댔고, 이안은 내공으로 푸른 강기막을 만들어 자신의 몸을 보호했다.

쿵쿵쿵쿵쿵!

붉은 광선들이 이안의 강기막과 충돌할 때마다 요란한 폭음과 함께 불꽃이 튀었다.

짧은 시간 동안 수백 번 직격을 당했지만 이안의 강기막은 끄떡없었다.

"피곤해 죽겠는데 왜 깝치는 거야, 이 새끼들아!"

하늘에서 빠르게 하강한 이안이 가속도가 붙은 그 상태로 언덕 상층부를 검으로 강하게 내리쳤다.

쿠콰앙!

엄청난 섬광과 함께 언덕 상층부가 반으로 쪼개지며 땅이 주저앉기 시작했다.

쿠쿠쿵쿵!

그뿐만이 아니라 그곳에 몰려 있던 백여 마리의 외뿔 마물들은 검의 기파에 직접 가격 당해 온몸이 산산조각 나며 불길에 휩싸여 갔다.

단 한 수로 언덕을 붕괴시키고 백여 마리의 마물들을 몰살시킨 이안은 다시 허공으로 비상했다. 땅이 무너지지 않은 언덕 서쪽으로 몸을 피하는 외뿔 마물들이 보였다.

"어딜 가, 이 새끼들아!"

이안의 검이 황금색에서 눈부신 흰색으로 변해 갔다.

쉬이이익!

바람을 가르며 땅으로 수직 낙하한 이안은 다시 한번 검으로 땅을 내리쳤다.

쿠콰콰쾅!

언덕이 대폭발하며 그 안에 있던 외뿔 마물들이 짓이겨진 채 언덕 아래까지 튕겨 날아가 땅에 거칠게 처박혔다.

화르르르.

언덕 아래에 처박힌 수십 마리의 외뿔 마물들의 사체에서 불길이 거세게 치솟아 올랐다.

대폭발이 일어난 언덕 구덩이에서 걸어 나온 이안은 언덕 중턱에 흩어져 있는 남은 외뿔 마물들을 향해 걸어갔다.

"그러게 마계에나 있지 이곳은 왜 기어 들어온 거냐? 서로 피곤하게."

이안은 어젯밤 책에서 읽은 로신 교주의 일화를 통해 마물들이 마계라는 곳에서 넘어온 존재라는 것을 알게 됐다.

외뿔 마물이 이안을 향해 돌진해 그대로 주먹으로 내리쳤다.

검은 불길로 타오르는 마물의 집채만 한 주먹을 향해 이안이 마주 주먹을 내뻗었다.

쾅!

벼락 치는 소리와 함께 이안을 공격하던 외뿔 마물의 팔이 통째로 박살이 났다.

뒤로 비틀거리는 외뿔 마물의 얼굴에 이안이 날린 권강이 소리 없이 꽂혔다.

퍼석!

두개골 부서지는 소리와 함께 외뿔 마물이 입을 쩍 벌리고 언덕 아래로 데굴데굴 굴렀다.

쿠웅!

언덕 아래에서 타오르던 수십 마리의 외뿔 마물들의 사체와 뒤엉킨 마물의 몸이 금세 불타올랐다.

반언은 마물들이 타오르는 불길을 뚫고 언덕 중턱으로 빠르게 올라왔다.

사실 조금 전에 도착했지만 언덕을 붕괴시키는 이안의 압도적인 파괴력에 기가 질려 싸움에 개입하지 못하고 있었다.

"험, 영주님. 잠시 쉬시지요. 나머지는 제가 처리하겠습니다."

이안은 싸움에 목말라 있는 반언을 생각해 고개를 끄덕이며 뒤로 물러났다.

굳이 자신이 모두를 처리할 필요는 없었다.

반언은 이안의 곁을 지나쳐 언덕 중턱에 흩어져 있는 외뿔 마물들에게 달려갔다. 이안의 손에 대다수가 죽었지만 아직도 꽤 남아 있었다.

붉은 포스검을 든 반언은 점차 외뿔 마물과 가까워지자 침을 꿀꺽 삼켰다.

'가까이서 보니 상당히 위압적이군. 사냥할 맛이 나겠어.'

달려가던 반언이 씨익 웃으며 허공으로 솟구쳐 마물들을 향해 검을 휘둘렀다.

"야 이놈들아! 내가 반언이다!"

번쩍!

반언의 검에서 강하게 응축된 붉은 검기들이 쏜살처럼 날아가 외뿔 마물들의 몸을 거침없이 뚫고 들어가더니 그대로 관통해 버렸다.

반언의 강한 힘이 담긴 붉은 검기에 관통당한 대여섯 마리의 외뿔 마물들은 허공에 떠 있는 반언을 붙잡으려는 듯 허우적대다가 이내 숨이 끊겨 언덕 아래로 굴렀다.

쿠쿠쿠쿵.

언덕 아래에 처박힌 외뿔 마물들은 불길에 휩싸이며 맹렬히 타올랐다.

"반언 원로! 검이 더 깔끔해졌어!"

외뿔 마물들과 쉬지 않고 싸우는 반언을 지켜보던 이안이 소리쳐 말했다.

"고맙습니다, 영주님. 하하하!"

외뿔 마물의 어깨에 올라타 검으로 마물의 뿔을 자르고 그 자리에 검을 꽂아 넣은 반언이 껄껄 웃다가 땅에 처박혔다.

옆에 있던 또 다른 마물이 거대한 주먹으로 반언의 등을 후려친 것이다.

"끄응! 이 망할 놈들이 곱게 뒈질 것이지."

화가 난 반언이 자리에서 일어나 검으로 땅을 내려치자 땅이 들썩이며 그 아래로 붉은 검기들이 해일처럼 뻗어 나갔다. 반언을 향해 몰려오던 10여 마리의 외뿔 마물들의 두 다리가 땅속에서 솟구친 검기에 맞아 일제히 폭발을 일으켰다.

쿠쿠쿵!

다리를 잃은 마물들이 경사진 언덕 아래로 데굴데굴 굴러 갔다.

언덕 아래엔 이안과 반언의 손에 죽은 외뿔 마물들의 사체가 수없이 불타오르고 있어서 그 불길이 수십 미터 높이까지 치솟을 정도였다.

반언은 검기를 재차 날려 수십 미터 불길 속에 처박힌 다리 잃은 마물들의 숨통을 확실히 끊어 버렸다.

'끝났군.'

이안은 반언에 의해 남아 있는 외뿔 마물들이 모두 제거되자 손에 들고 있던 장검을 검집에 꽂아 넣었다.

철컥.

검을 거둔 이안은 몸을 돌려 언덕 아래를 내려다봤다.

큰 바위가 넓게 포진한 암석 지대의 싸움도 끝을 향해 달려가고 있었다.

"영주님!"

언덕 아래의 불길을 뚫고 언덕 위로 올라온 헬레인이 이안 앞에 섰다.

그녀의 얼굴은 마물들에게서 튄 피로 얼룩이 져 있었다.

"도와주셔서 고맙습니다. 덕분에 저희 결계 수도사들이 위기를 넘겼습니다."

수백 마리의 외뿔 마물들이 언덕을 내려와 기존 마물들과 협공을 했다면 구조대는 큰 위험에 처했을 것이다.

헬레인이 고마움을 표하자 이안은 불타고 있는 외뿔 마물들의 사체를 내려다보며 담담히 말했다.

"결계 수도사들은 수천 년간 이런 위험 속에서 살아온 것인가? 정말 대단해. 아무도 알지 못하는 이곳에서 아무도 알아주지 않는 희생을 하고 있었다니 말이야."

"부끄럽습니다. 저희들은 소명을 따를 뿐입니다."

헬레인의 겸손한 말에 이안은 그녀를 물끄러미 바라보다가 손을 뻗어 가죽 갑옷을 입고 있는 헬레인의 어깨를 가볍게 토닥였다.

"사람들을 대신해 내가 감사할게."

"영주님……."

헬레인은 언덕 아래로 내려가는 이안의 뒷모습을 깊은 눈빛으로 바라봤다.

반언이 헬레인 옆으로 다가오며 말했다.

"따뜻한 분이야. 그렇지 않은가?"

헬레인은 천천히 고개를 끄덕였다.

"네, 이안 영주님은 따뜻한 분입니다."

치열 했던 암석 지대 전투는 끝이 났고, 결계 수도사들은 자신들을 도와준 이안에게 존경과 신뢰의 눈빛을 담아 감사 인사를 했다.

"외뿔 마물들을 없애 주셔서 감사합니다, 영주님. 큰 힘이 됐습니다."

벌컨은 싸우는 와중에도 이안의 활약을 멀리서 지켜봤었다.

언덕 상층부를 붕괴시키며 강한 마물들을 압도적인 힘으로 단번에 쓸어버리는 이안의 전투력에 벌컨은 전율이 일어났다.

성화의 힘을 사용하지 않은 것 같은데도 이안의 무력은 측정할 수 없을 만큼 대단했던 것이다.

"별말씀을요. 다들 괜찮은 겁니까?"

이안은 마물들의 피를 뒤집어쓴 결계 수도사들을 둘러보며 물었다.

"부상자들이 일부 있긴 하지만 중상은 아닙니다. 다만, 저희 구조대들이 오기 전에 수도사 한 명이 싸우다 전사를 했습니다."

"그렇군요."

이안의 시선이 자연스럽게 벌컨의 뒤에 서 있는 엘러트와 몇몇 수도사들에게 향했다.

차원의 통로를 조사했던 조사대로, 전사자는 이들의 일행이었다.

'썬 수도사라고 했던가?'

엘러트가 티프넌에게 희생된 사람이 있다고 말했을 때 그 사람의 이름을 이안도 곁에서 들었다.

"성화의 주인께 정식으로 인사를 드립니다, 엘러트라고 합니다."

부상당한 어깨를 천으로 휘감고 서 있던 엘러트가 조사대 동료들과 다가와 이안 앞에서 부복을 했다.

"이렇게 뵙게 되어 영광입니다."

"영광입니다."

엘러트와 조사대는 구조대가 극적으로 나타나 자신들을 구해 준 것보다도 이안을 만나게 된 것이 더 기쁜 표정이었다.

"힘들 텐데 그만 일어나세요."

이안은 엘러트와 조사대를 일일이 일으켜 세워 주었다.

마물들에게 쫓기며 치열하게 싸움을 벌였던 그들의 행색은 말이 아니었다. 몸 여기저기에 상처도 많았고, 다들 지쳐 있었다.

그러나 눈빛만은 여전히 강하게 살아 있었다.

"조르엔이 수도사님을 많이 기다리고 있더군요."

"예?"

엘러트가 의아한 눈빛으로 이안을 쳐다봤다.

"영주님께서 그 아이를 어떻게⋯⋯."

"어쩌다 보니 얘기를 나누는 사이가 됐습니다."

담담히 말을 한 이안은 품 안에서 외상약 몇 통을 꺼냈다.

"상처에 바르면 지혈과 통증 완화에 도움이 되고 상처가 악화되는 것도 막아 줄 겁니다."

"감사합니다, 영주님."

엘러트는 공손히 이안이 준 약통을 받았다.

이안은 벌컨과 팔린, 헬레인을 차례로 바라본 후, 반언이 서 있는 곳으로 걸어갔다.

약통을 들고 잠시 이안의 뒷모습을 바라보던 엘러트는 부상당한 동료들과 함께 이안이 준 약으로 상처 부위를 치료했다.

"정리가 된 것 같으니, 썬 수도사의 장례식을 치르겠네."

벌컨의 말에 수십 명의 결계 수도사들이 한곳으로 모여들었다. 동료의 죽음을 결코 소홀히 하지 않는 끈끈한 동료애가 엿보였다.

장례식을 준비하는 모습을 한쪽에서 지켜보던 이안이 반언에게 말했다.

"우리도 참석하자고."

"그러시죠."

이안과 반언은 걸음을 옮겨 수도사들 사이에 자리했다. 이안이 장례식에 참석하자 분위기가 한층 엄숙해졌다.

썬 수도사의 인솔자였던 엘러트가 대표로 나서서 장례를 주관했고, 애도와 추모가 이어졌다.

하지만 그 시간은 길지 않았다.

죽음은 누구에게나 찾아오는 것이고, 결계 수도사들은 그것을 유별난 일이라 여기지 않았다.

다만, 결계 수도사로서 좀 더 긴 시간을 보내지 못하고 죽음을 맞이한 것을 애석하게 여길 뿐이었다.

"형제여, 샬렌님의 세상에서 다시 만날 날을 기다리겠네. 평안히 잠들기를."

돌무더기 앞에서 성호를 그은 엘러트가 뒤로 물러나자 다른 수도사들이 차례로 다가와 엘러트가 한 것처럼 돌무더기 앞에서 성호를 그었다.

죽은 썬 수도사는 화염 폭풍술로 인해 시신조차 남지 않았기 때문에 그의 유품이라 할 수 있는 부러진 검을 땅에 파묻고, 돌무더기를 쌓아 놓은 것이다.

휘이이잉!

건조한 먼지바람이 불어올 때 이안이 마지막으로 성호를 그으며 죽은 자에 대한 예의를 표했다.

장례식이 끝나자 사람들은 수도원으로 복귀할 준비를 했다.

"거대 마물을 보러 가신다고요?"

벌컨이 묻자 이안은 멀리 시선을 두며 답했다.

"그렇습니다. 여기까지 왔는데, 그냥 갈 수는 없지요. 온 김에 그놈들도 보고, 더 나아가 안쪽 결계 상황도 확인해 볼까 합니다."

이안의 말을 들은 벌컨은 동료 수도사들과 시선을 교환했다.

"거대 마물들과 싸우기 위해 가시는 거라면 저희들도 함께 하겠습니다."

"정찰이라고 해 두죠."

이안은 빙그레 미소를 지었다.

"그러니 여러분들은 어서 수도원으로 복귀하십시오. 난 공간 이동술이 있어서 언제든 수도원으로 빠르게 복귀할 수 있으니까요."

벌컨은 잠시 고민을 하다 이안의 말을 듣기로 했다.

티프넌에 따르면 이안은 결계지에서 암석 지대까지 그야말로 눈 깜짝할 사이에 도착했다고 한다.

많은 수가 따라가면 오히려 자유롭게 오가는 이안의 행동에 제약을 줄 수도 있었다.

"알겠습니다, 영주님. 하지만 영주님은 차원의 통로가 처음이시라 길 안내를 해 줄 사람이 필요할 것입니다. 제가 영주님을 모시고……."

"아니에요. 제가 영주님을 안쪽 결계까지 안내할게요. 벌컨 수도사님은 일행을 이끌고 돌아가세요."

헬레인이 앞으로 나서며 말하자 벌컨은 그녀를 잠시 쳐다보다가 고개를 끄덕였다.

"그렇게 하게. 그럼 영주님, 저희들은 먼저 복귀하겠습니

가휼 판타지 장편소설

전능하신 영주님

암살자였던 군주

김기세 판타지 장편소설

죽음의 신에 의해 세상이 어지러울 때
암살자가 소리 없이 다가와 구원하리라!

가족을 잃고 왕국 변방에서 평범하게 살아가던
전설의 특급 살수 가브

동생이 생존해 있음을 알고 찾으러 떠나지만
그의 앞에 펼쳐진 것은
누구든 구울이 되어 버리는 흑마법의 세상!

세상을 집어삼키는 것이 마신의 계획임을 깨달은 가브는
대항할 힘을 갖추기 위해 나라를 세우고
군주의 길을 걷기로 결심하는데……!

군주가 된 암살자는 신도 살해한다!
마음 한편이 서늘해질 다크 판타지가 시작된다!